Dr. Ruth Aspöck
anläßlich der Lesung
DIE ARBEIT DER FRAU

Katja Schmidt-Piller

Amerlinghaus, 28.3.1990

HÖRSPIEL - FRAUEN
FRAUEN - HÖRSPIEL

ELISABETH HOFER
KARIN STENITZER-GAYER
MARGIT PFLAGNER
LISA STROMSZKY
KATJA SCHMIDT-PILLER

EDITION ROETZER

ISBN 3-85374-181-9

 — Printed in Austria by Rötzer-Druck Ges. m. b. H. u. Co. KG., Eisenstadt.

Zum Tönen gebrachte Poesie

Das Hörspiel, die traditionsreiche große Form der Radioliteratur, gehört nach wie vor zu den wichtigsten und unverzichtbaren Programmelementen der öffentlich-rechtlichen Rundfunkanstalten im deutschsprachigen Raum. Im ORF gibt es das Hörspiel auf fixen Sendeplätzen und wöchentlich mindestens einmal in den Programmen Österreich 1 und Österreich Regional mit einer insgesamt noch immer in die Hunderttausende gehenden Hörerschaft. Wie die hausinternen Programmphilosophien im Rundfunk auch lauten mögen: Es überzeugen in der Regel jene Produktionen, denen Manuskripte überzeugender Autoren zugrunde liegen. Gewiß, Hörspiel ist immer mehr, als es der Autor in seinem Kopf bzw. auf Papier entworfen hat, ist zum Tönen gebrachte Dramatik oder Poesie. Ist aber auch das Spiel mit nach ästhetischen Gesichtspunkten angeordneten Klangphänomenen. Regisseure, Sprechkünstler und Techniker tun Wesentliches dazu bei, daß aus der Autorenidee über den Äther vermittelter Atem empfindender Menschen wird, der wiederum Menschen berührt.

Das ORF-Landesstudio Burgenland hat von seinem Beginn im Jahr 1967 bis heute die Hörspiellandschaft Österreichs nicht unwesentlich mitgeprägt. Nicht nur mit Texten von Autoren, die im Burgenland beheimatet sind. Der Umstand, daß die Programmabteilungen des burgenländischen Landesstudios bis 1982 ihr Domizil in Wien hatten, ließ auch die Zusammenarbeit mit Autoren weit über die Landesgrenzen hinaus zur Selbstverständlichkeit werden. Mit der Zeit wurden aber auch die bodenständigen Schreiberinnen und Schreiber mutiger und lieferten Manuskripte für die großen Termine. Das vorliegende Buch ist der beste Beweis für gediegene Hörspielliteratur, die im Burgenland selbst entstanden ist. Die darin vertretenen Autorinnen gehören auch in den anderen literarischen Gattungen wie der Lyrik oder der erzählenden Prosa zum besten, was unter burgenländischer Flagge in der österreichischen und auch internationalen Szene segelt. Das Wort international ist hier keineswegs zu hoch gegriffen, denn das ORF-Landesstudio Burgenland und seine Autoren bringen ihre Bemühungen und Beiträge immer wieder auch in ein entsprechendes Forum für anspruchsvolle Radiokultur ein — im Rahmen der Internationalen Hörspieltage, die es seit 1971 gibt.

Dr. Günter Unger

INHALT:

Die Familienchronik

Hörspiel von Elisabeth Hofer

Mitwirkende:
Der Chronist
Antonia
Amalia
Hermine
Ein dünnes quäkendes Kinderstimmchen
Thekla
Lintschi
Die Stimme der Schankwirtin
Laura

ELISABETH HOFER

geboren 1925 in Wien / freie Schriftstellerin / freie Mitarbeiterin beim ORF

Hörspiele:

Feedback — Regie Vintila Ivanceanu
Familienchronik — Regie Hans Rochelt
Marons glacés — Regie Hans Rochelt
Die Generalprobe — Regie Hans Rochelt
Weiße Elefanten — Regie Hans Rochelt
Achtung - Notverkauf — Regie Conny Hannes Mayer

Bücher:

Trostgasse 7 (1988 von ORF und ZDF verfilmt)
Nora
Erbschaft mit kleinen Fehlern
Was ist bloß mit Mama los?
(alle vier Bücher bei Ueberreuter)

Veröffentlichungen in Zeitschriften und Anthologien

1978 — TV-Preis in der Reihe ,,Geschichten aus Österreich" mit dem Drehbuch ,,Anna, Niko, Anniko"

1982 — Buchprämie des Bundesministeriums für Unterricht und Kunst für das Buch ,,Trostgasse 7"

1982 — 3. Platz beim ,,Hans-im-Glück-Preis" (deutscher Jugendbuchpreis) für die ,,Trostgasse 7"

1983 — das Buch NORA kommt auf die Ehrenliste des österreichischen Kinder- und Jugendbuchpreises 1983/84

Leise Sphärenmusik.

CHRONIST: Wir schreiben das Jahr des Heils 1980. Der zu Wien ansässige Konrad Schwarz, derzeit im 34. Lebensjahr stehend, seines Zeichens Immobilienhändler ... Entschuldigen Sie — immer der gleiche Fehler — als Berufschronist fällt es mir gelegentlich schwer, die mir dienstlich zustehende schwülstige Redeweise zu unterlassen, wenn ich mich privat unterhalte.

Ja, also: Herr Konrad Schwarz, bald 34, Immobilienhändler in Wien, Besitzer beachtlicher beweglicher und unbeweglicher Güter, darunter ein erst vor Jahresfrist fertiggestelltes Eigenheim in bester Wohnlage Wiens, (1587 Quadratmeter Grund, 229 Quadratmeter verbaute Fläche, davon allein 65 Quadratmeter Wohnhalle, offener Kamin, versteht sich, diverse Extras wie versenkbare Kinoleinwand, Sauna, Schwimmbad im Kellergeschoß, Kegelbahn etc. etc.) hat mich beauftragt, anläßlich seiner bevorstehenden Heirat eine Familienchronik für ihn zu erstellen.

Herr Schwarz, der sich bislang nicht sonderlich um die Wurzeln seiner Herkunft gekümmert hat, stellte mir für die erfolgreiche Aufspürung bemerkenswerter Mitglieder seiner Familie ein Sonderhonorar in Aussicht. Gleichzeitig mit der Chronik wurde einem bekannten Heraldiker der Entwurf des künftigen Familienwappens in den Farben gold — pfauenblau und kardinalrot anvertraut. Als Chronisten der alten Schule geziemt es mir freilich nicht, nach Sonderhonoraren zu streben, es geziemt mir vielmehr, die Wahrheit zu finden und jede subjektiv gefärbte Aussage in meiner Niederschrift zu korrigieren.

Ich werde also wieder einmal in wurmzerfressenen Matrikelbüchern forschen, ich werde alte Laden und verstaubte Truhen öffnen, noch immer leicht nach Pat-

schuli duftende Tagebücher aufblättern und rosaseidenbandverschnürte Liebesbriefbündel studieren. Die Gefühle längst Verstorbener — nun ebenso zerschlissen wie alte Atlaskleider — werden sich vor mir auftun.
Es ist meine Pflicht, diese Gefühle beiseite zu schieben, denn was einzig und allein für meine Arbeit zählt, sind Daten und Fakten.
Ich werde — wie das meine Gewohnheit ist — immer nur die weiblichen Familienmitglieder zu Worte kommen lassen und versuchen, dies in chronologischer und alphabetischer Reihenfolge zu tun, was mir freilich nicht immer gelingt.
Mein Auftrag lautet, die Familie zunächst bis zum Jahre 1900 zurückzuverfolgen. Keine lange Zeit ... was Wunder, daß die Ahnen des Herrn Schwarz beinahe leiblich vor mir stehen ...
Da ist zunächst Antonia, die Urgroßmutter väterlicherseits, und dann Hermine, die Urahnin mütterlicherseits.
Wir begeben uns ins Jahr des Heils 1900 ...

Sphärenmusik. Wie bei jedem Zeitwechsel.
Antonia hat das Wort.

ANTONIA *(leiernd):* Ich bin am 7. 4. 1883 als 5. Kind des Taglöhnerehepaares Franz Xaver Mosbichler und dessen Gattin Maria, geb. Fahndl, in Untersiebenbrunn geboren und daselbst aufgewachsen. Im 13. Lebensjahr kam ich zu dem verwitweten Fleischhauer und Selchermeister Tröstl in den Dienst. Ich habe mir nie etwas zuschulden kommen lassen ...

CHRONIST *(streng):* Keine unnötigen Abschweifungen. Keine epische Breite, Antonia.

ANTONIA: Entschuldigen, der Herr Chronist. Am Sylvester des vergangenen Jahres oder Jahrhunderts hab ich einen Herrn kennengelernt. Er hat mir gesagt, daß er

Karl heißt und der Sohn eines Kardinals sei ... *(Sie kichert)*

Eine Stimme mischt sich keifend ein.

Das ist nicht wahr ... das lügt er wieder ... Immer diese Lügen, ich weiß nicht, von wem er das hat ...

CHRONIST: Wer sind Sie denn? Was haben Sie zu sagen?

DIE STIMME: Ich bin die Amalie Hofmann, die Mutter des Karl. Eigentlich wäre ich noch vor der Antonia drangekommen, wenn Sie sich an die chronologische und alphabetische Reihenfolge halten ... aber diese jungen Dinger drängen sich ja überall vor.

CHRONIST: Zur Sache, Amalia.

AMALIA: Ich war in meinen jungen Jahren Pfarrersköchin in Bodibradiče, Herr Chronist. Der Pfarrer ist später Bischof geworden, aber es ist gelogen, daß er ... also er war's nicht ...

CHRONIST: Sie meinen, der Kindesvater? Wer war es?

AMALIA: Das darf ich nicht ... ich weiß es nicht.

CHRONIST: Also Vater unbekannt?

AMALIA *(bittend):* Herr Chronist ... Ja.

CHRONIST: Schreiben wir: Amalia Hofmann weist jede Mutmaßung über die Vaterschaft ihres Kindes Karl zurück, insbesondere Spekulationen im Zusammenhang mit ihrem ehemaligen Dienstherrn und jetzigen Kardinal ...

AMALIA: Nur Bischof ... wenn ich bitten darf, Herr Chronist.

CHRONIST: Also Bischof. Sie bleibt auch auf eindringliche Befragung bei der Behauptung, der Kindesvater sei ihr unbekannt gewesen.

AMALIA *(weint):* Ja.

CHRONIST: Sie ist noch vor der Geburt ihres Kindes von Bodibradiče nach Wien übersiedelt und hat hier An der Hülben eine Pfeidlerei eröffnet. Stimmt das?

AMALIA *(noch immer schluchzend):* Ja. Von meinem eigenen Geld, Herr Chronist ... ich bin immer sehr sparsam gewesen ... nicht so wie der Karl ... *(Sie seufzt).*

CHRONIST: Danke, Amalia. Sie können gehen.

ANTONIA: Haben der Herr Chronist gesehen? Nicht einmal angeschaut hat sie mich, seine Mutter ... Sie kann mich nicht ausstehen, Herr Chronist.

CHRONIST: Also, Antonia, wie ist das mit dem Karl gekommen?

ANTONIA: Mein Gott, Herr Chronist, wie ist es gekommen? Der Karl war halt so ... so stattlich. Er hat mir gefallen, gleich auf den ersten Blick ... und reden hat er können ... soviel gescheit reden ... Er hat sein Geld als Erfinder verdient, müssen der Herr Chronist wissen ...

AMALIA: Gelogen.

CHRONIST: Er hat zu diesem Zeitpunkt seinen Lebensunterhalt durch gelegentliche Griffe in die mütterliche Ladenkasse bestritten ...

ANTONIA *(kleinlaut):* Der Herr Chronist müssen es ja wissen ... Aber ich hab ihm halt alles geglaubt, was er erzählt hat. Er hat gesagt, daß er noch eine große Zukunft vor sich hat, als Erfinder ... und so gar nicht stolz war er, wo doch seine Mutter das Geschäft gehabt hat und ich nur ein einfaches Kind aus dem Volke bin, wie man so sagt ... Er war sehr lieb, der Karl ... Das können mir der Herr Chronist schon glauben ...

CHRONIST: Also schreiben wir, Karl Hofmann und Antonia Mosbichler lernten einander am Sylvesterabend des Jahres 1899 kennen und lieben ...

ANTONIA: Muß das so drinstehen?

CHRONIST: Es ist die Wahrheit. Weiter. Nach einigen Wochen der Verliebtheit zog sich Karl wieder zurück. Die bislang ziemlich ehrbare Jungfer Antonia erwägt, ob sie — dem Trend ihrer Zeit folgend — ins Wasser gehen soll, entschließt sich aber dann doch ... Sie sollen erzählen, Antonia.

ANTONIA: Wieso sagen der Herr Chronist ziemlich ehrbare Jungfer?

CHRONIST *(mahnend):* Antonia !

ANTONIA: Ich hab mit dem Tröstl doch nie ... und das auch nicht freiwillig.

CHRONIST: Lassen Sie die Beteueuerungen. Kommen Sie zur Sache.

ANTONIA: Ich war halt soviel allein, wie der Karl nimmer gekommen ist und nichts hat mir gehört, der Herr Chronist wissen nicht, wie das ist ... und weil der Karl doch so gescheit war ...

CHRONIST: Ja?

ANTONIA: Da hab ich mir eben gedacht, es ist eine Sünde, wenn ich mit dem Kind ins Wasser gehe ... ich hab auch einmal was haben wollen, was mir gehört, Herr Chronist ... Das muß einer ja verstehen ...

CHRONIST *(ärgerlich):* Immer wollt ihr Weiber was haben, das euch gehört ... und dann ...

ANTONIA *(erschrocken):* Was haben denn der Herr Chronist? Warum sind denn der Herr Chronist auf einmal so böse?

CHRONIST: Entschuldigen Sie ... Und reden Sie mich nicht dauernd in der dritten Person an, das macht mich ganz nervös ...

ANTONIA: Ich kann es mir nicht abgewöhnen, Herr Chronist.

CHRONIST: Versuchen Sie es immerhin ...

ANTONIA: Am 5. Oktober ist dann der Bub gekommen. Ich hab ihn Karl getauft, nach dem Vater ... Behalten hab ich ihn leider nicht können, weil der Tröstl hat mich ja hinausgeschmissen, wie man meinen Bauch gesehen hat. Ich hab dann auf dem Land gearbeitet, bis zur Geburt. Bei den Leuten, die den kleinen Karli dann in Pflege genommen haben. Ich bin wieder nach Wien zurück und hab mir eine Arbeit in der Fabrik gesucht ... Ich hab doch für den Kleinen zahlen müssen. Ich will mich ja nicht beklagen, Herr Chronist, ich weiß schon, ich bin an meinem Unglück selber schuld, aber leicht war's nicht.

CHRONIST: Schon gut, Antonia. Bis nachher. Jetzt kommt Hermine zum Wort. Hermine ... Was ist denn? Weshalb reden Sie denn nicht?

HERMINE *(zunächst leise und kleinlaut):* Weil ich nicht weiß, wann ich geboren bin, Herr Chronist. Man hat mich vor der Pforte des Klosters St. Helena aufgefunden. Die Schwestern haben mich aufgenommen und erzogen. Ich war immer bemüht, nicht aufzufallen. Ich war demütig, gottesfürchtig und fleißig, so wie es meine Pflicht war, Herr Chronist. Bei den Schwestern hab ich Handarbeiten gemacht ... feine, zarte Stickereien, wie sie die reichen Leute gern gekauft haben, damals ...

CHRONIST: Weiter.

HERMINE: Als ich 14 Jahre alt war, hätte ich aus dem Kloster weg müssen, aber ich wußte ja nicht, wohin ... da haben mich die Schwestern behalten. Ich wäre ganz dort geblieben, wenn nicht ...

CHRONIST *(interessiert):* Wenn nicht?

HERMINE: Wenn ich nicht den Herrn Sauer kennengelernt hätte. Ich hab für das Geschäft seiner Mutter gearbeitet. Sie hat immer die Stickereien aus dem Kloster abgeholt, aber dann ist sie gestorben und da ist E r gekommen. Er hat mir gesagt, daß ich ... daß ich ein schönes Kind sei ... Ich war damals schon 19 Jahre alt. Ich war sehr verwirrt, Herr Chronist, und habe mich der Ehrwürdigen Schwester Oberin anvertraut ... und der

Herr Sauer auch. Er hat gesagt, daß er mich heiraten wolle, wenn das Trauerjahr für seine Mutter um sei. Er war nicht mehr ganz jung, der Herr Sauer, aber sehr brav. Nichts geraucht und nichts getrunken und sehr sparsam ... ja, das war er immer. Trotzdem hat er mich genommen, obwohl ich doch keinen Kreuzer Mitgift hatte ...

Ich glaube er hat mich sehr gern gehabt, der Herr Sauer ... und ich ihn auch ... obwohl ich mir manches zuschulden kommen ließ ...

CHRONIST: Davon zu gegebener Stunde, Hermine. Wir sind ja erst im Jahre 1900.

EIN DÜNNES QUÄKENDES KINDERSTIMMCHEN: Ich möchte was sagen.

CHRONIST: Du bist noch nicht dran.

DAS KINDERSTIMMCHEN: Das weiß ich schon, aber es tut mir halt leid.

CHRONIST: Was denn?

DAS STIMMCHEN: Daß ich noch nicht dran bin. Dabei hätt ich's um ein Haar geschafft, schon im Oktober 1900 zur Welt zu kommen, aber sie waren ja noch nicht im Heiligen Stand der Ehe, damals ...

CHRONIST: Schluß jetzt.

DAS STIMMCHEN: Man wird sich doch noch aufregen dürfen. Wo ich mich mit meiner Fleischwerdung ohnehin dauernd gedulden muß ...

HERMINE: Aber, aber Kind, doch nicht so vorlaut.

DAS STIMMCHEN: Ich hab's nicht leicht, Herr Chronist, fragen sie meinen zukünftigen Vater ...

CHRONIST *(pathetisch):* Wir beschließen das Jahr des Heils 1900 und begeben uns in das Jahr des Heils 1902. Antonia, wenn ich bitten darf.

ANTONIA: Im Jahr 1902? Ja, da hab ich zufällig den Karl wieder getroffen. Er hat mich gefragt, ob ich krank bin, weil ich so schlecht ausgeschaut hab. Da hab ich ihm alles erzählt. Vom kleinen Karli und so ... Er war gar nicht böse, und weil gerade Sonntag war, sind wir hinausgefahren, nach Absdorf. Der kleine Karli hat sofort die Ärmchen um den Karl geschlungen und der Karl hat gesagt: Der schaut mir ja ähnlich ... wie aus dem Gesicht geschnitten ... und Blut ist ein besondrer Saft, hat er gesagt ... und daß er mich heiraten wird. Wir waren alle drei sehr glücklich. Aber dann ...

CHRONIST: Reden Sie schon.

ANTONIA *(verschämt):* Wenn ich's dem Herrn Chronisten vielleicht ins Ohr sagen darf.

Geflüster.

CHRONIST: Aha. Schreiben wir also: einige Wochen später betrügt sich Antonia — mit Hilfe einer Stricknadel — um neuerliche Mutterfreuden. Sie wird diese Praktik noch öfter anwenden. Es würde allerdings den Rahmen dieser Chronik sprengen, wollte man jede derartige Manipulation einzeln aufzeigen. Insbesondere, da Antonia angibt, sie hab nach dem?

ANTONIA: 16. Mal, Herr Chronist.

CHRONIST: Also nach dem 16. Mal, alle folgenden, hm ... Abtreibungen nicht mehr registriert.

ANTONIA: Was hätte ich denn tun sollen, Herr Chronist?

CHRONIST: Am 5. Oktober, dem zweiten Geburtstag Karlis, erfolgt die Eheschließung zwischen Karl Hofmann und Antonia, geb. Mosbichler, in der Kirche St. Rochus.

DAS QUÄKENDE KINDERSTIMMCHEN: Leider muß ich mich mit meiner Fleischwerdung immer noch gedulden, obwohl meine Eltern inzwischen kirchlich getraut wurden. Sie haben — im gemeinsamen Einverständnis — dem Erwerb eines Zinshauses in Erdberg den Vorrang eingeräumt. Was sagen Sie dazu, Herr Chronist? Unsereins kommt bei solchen Leuten nie zu seinem Recht. Aber ich werde es mir merken ... wartet nur ...

CHRONIST: Ich muß doch sehr bitten. Jeder zu seiner Zeit. Hermine.

HERMINE: Am 7. 2. haben wir geheiratet, der Herr Sauer und ich. In der Kapelle von St. Helena. Dann hat der Herr Sauer ... ich meine, der Adalbert, ein Essen gezahlt. Für acht Personen, im Gasthaus zum Alten Landgut. Und dann ...

CHRONIST: Wir schreiben also, am 7. 2. 1902 erfolgte die Eheschließung des Adalbert Sauer, Kurzwarenhändlers zu Wien, mit der Hermine, Herkunft unbekannt.
Wir beschließen damit das Jahr 1902 und begeben uns ins Jahr des Heils 1904.

DAS KINDERSTIMMCHEN: Sie haben das Jahr 1903 übersprungen. Ich muß mich noch immer gedulden, weil sich der Erwerb des Hauses in Erdberg als kostenintensiver als geplant erwiesen hat. Was sagen Sie dazu, Herr Chronist?

CHRONIST *(streng):* Wir begeben uns ins Jahr des Heils 1904. Antonia.

ANTONIA: Ich arbeite in der Fabrik, Herr Chronist, und der Karl als freier Erfinder. Er hat etwas ganz Großes vor, diesmal. Wenn der Herr Chronist ein bißchen Geduld haben, ich hab es mir da irgendwo aufgeschrieben.
Man hört Antonia nach einem Zettel suchen.

ANTONIA: Ja, er will die Herstellung von Salpetersäure durch Verbrennung der Luft im magnetisch beeinflußten Wechselstromlichtbogen erfinden. Da hab ich den kleinen Karli doch lieber noch auf dem Land gelassen.

CHRONIST: Sonst noch was?

ANTONIA: Ja. Zufällig habe ich auf einem Einwickelpapier gelesen, daß ein gewisser Eyde bzw. Birkeland schon voriges Jahr das alles erfunden hat. Jetzt hat sich doch der Karl die ganze Zeit umsonst geplagt. Es ist schon ein Jammer, Herr Chronist.

CHRONIST: Keine Romane, Antonia. Keine Romane, wir schreiben eine Chronik. Sie erlauben, daß ich Ihre Angaben ergänze?

ANTONIA: Ich bitte den Herrn Chronisten darum.

CHRONIST: Antonia verlangt von Karl, daß er das Leben als freier Erfinder aufgeben soll. Heftige Frustration desselben, in der Folge erste Anzeichen von Alkoholmißbrauch.
Das Kind wird nach Wien geholt, um die Ehe zu kitten. Am 8. 8. Erwähnung Klein Karlis in der Lokalpresse. Karli, allein in der elterlichen Wohnung, öffnet das Fenster im 4. Stock, knotet ein Stück Wäscheleine in den Rahmen der Oberlichte und schwingt sich in gewissermaßen prä-tarzanesker Weise zum Fenster hinaus und herein. Auf der Straße sammelt sich eine gewaltige Menschenmenge, die solcherart zu einem Gratisnervenkitzel kommt.
Die auf einer nahen Wiese gastierende Seiltänzertruppe verzeichnet an diesem Tag einen Besucherschwund von 43 %. Doch dies nur nebenbei ... Karli genießt das Aufsehen und beschließt, wenn er groß ist, berühmt zu werden. Sonst noch was?

ANTONIA: Mein Mann hat es dem Karli dann noch mit dem Hosenriemen gegeben, weil er doch versprochen hat, brav zu sein ... Der Karl ist ja nur auf eine Viertelstunde hinuntergegangen, ins Wirtshaus ... Nachher haben wir uns aber alle drei wieder vertragen. Der Bub hat uns versprochen, so was nicht mehr zu tun ...

DAS QUÄKENDE KINDERSTIMMCHEN: Immer sind wir schuld ... aber nicht mit mir ... Ich hab mir die Sache überlegt ...

CHRONIST: Unsinn. Du bist ja schon unterwegs. Jetzt ist es zu spät.

DAS STIMMCHEN: Glauben Sie ... Ich hab mir da was einfallen lassen ...

HERMINE: Was das Kind da zusammenredet ... Ich habe sie doch am 15. 9. zur Welt gebracht, die kleine Thekla Maria. Sie ist genau, wie es der Herr Sauer — der Vater — geplant hat, im Zeichen der sparsamen und ordnungsliebenden Jungfrau geboren. Sie war ein hübsches Kind, wenn auch der Arzt gesagt hat, keine besonderen Kennzeichen.

CHRONIST: Wir begeben uns ins Jahr des Heils 1905, Antonia.

ANTONIA: Da hab ich meinen Sohn Adolf zur Welt gebracht. Am 14. 6. wars. Ich wollte das Kind ja nicht, aber der Karl hat an einem neuen Projekt gearbeitet. Sehr erfolgsversprechend ... Selbststrickende Nadeln ... Und da hat er ... Also ich hab mir die Nadeln nicht nehmen getraut ... ich konnte ihm doch nicht seine Arbeit stören ...

CHRONIST: Hat Ihr Mann nicht zu diesem Zeitpunkt in der Fabrik gearbeitet?

ANTONIA: Das war schon 1904. Und auch nur für fünf Wochen ... Ich bin auch nicht mehr in die Fabrik gegangen. Ich hab dazumals als Waschfrau gearbeitet ... weil ich doch die Kinder zu Hause gehabt hab ... Einmal, da hat mich der Karl ins Theater geführt ... in eine Operette ... da sind auch Wäschermädeln vorgekommen ... mit blau-weissgetupften Batistkleidern und zipfelig gebundenen Kopftüchern ... ich hab sehr lachen müssen. Herr Chronist, wirklich ... Mein Mann ist jetzt immer öfter ins Wirtshaus gegangen, weil ihn das Kindergeschrei und der Windelgeruch beim Erfinden gestört hat ... aber aus den selbststrickenden Nadeln ist trotzdem nichts geworden ...

Er hat sich jetzt auch oft über mich geärgert, weil mir eine Kundschaft die Gartenlaube geborgt hat ... Ich hab doch so gern gelesen ... die schönen Gedichte und die hübschen Bilder ... das war halt was anderes als mein Leben, Herr Chronist ... Manchmal hab ich eine Viertelstunde nur gelesen und Bilder angeschaut ... Er hat gesagt, wenn er doch nur etwas erfinden könnte, was mich nicht so bei der Arbeit aufhält. Aber dann hat er nichts erfinden können, weil ich ihm nur eine halbe Flasche Wermut mitgebracht habe ...

CHRONIST: Schade. Wenn Ihrem Mann damals die Erfindung der Sprechblasen gelungen wäre ... Sie verstehen, Antonia, wusch — päng — zack — statt langer Gedichte ...

ANTONIA: Leider versteh ich den Herrn Chronisten nicht, ich bin ja nur, wie man so sagt, ein einfaches Kind aus dem Volke ...

Sie weint.

CHRONIST: Weinen Sie nicht. Es trifft Sie ja kein Vorwurf. Ihr Mann hat ja sein Erfolgserlebnis gehabt.

ANTONIA: Ich versteh den Herrn Chronisten nicht, ich bin ja nur ...

CHRONIST: 1905 hat er doch den Grundstein — wenn man das so sagen kann — zu den Zwillingen Lothar und Lintschi gelegt.

ANTONIA: Ja, da haben der Herr Chronist schon recht. Er war sehr stolz, als die Zwillinge kamen. Drei Tage hat er mit seinen Freunden gefeiert.

CHRONIST: Sie eilen der Zeit voraus, Antonia. Einen Augenblick. Wir begeben uns ins Jahr des Heils 1906. So, Antonia, geht schon weiter.

ANTONIA: Herr Chronist, was gibt es da schon viel zu berichten? Ich hab nicht mehr gewußt, wie ich die 4 Kinder allein durchfüttern soll, und das mit den Stricknadeln hat mir auch nicht mehr gefallen, da hab ich an der Wohnungstür ein neues Schloß anbringen lassen und den Karl rausgesperrt. Zwei Tage lang hat er getobt und geschrien, aber dann ist er gegangen und bis 1912 war es ruhig bei uns, wenn der Herr Chronist das vermerken wollen. Ich bin weiter waschen gegangen und in der Nacht hab ich seidene Haarnetze gemacht, in Heimarbeit.

AMALIA: Schon wieder drängt sie sich vor, und den Karl, den hab jetzt wieder ich durchfüttern können ... wenn man so ein Kind hat ...

CHRONIST: Lassen wir das Amalia. Die Hermine ist dran.

HERMINE: Ich hab dem Herrn Sauer im Jahre 1906 auch zwei Kinder geschenkt.

CHRONIST: Merkwürdige Parallele... auch bei Ihnen Zwillinge...

HERMINE: Doch keine Zwillinge. Am 3.1. kam die Barbara Maria und am 9.12. die Hermine Maria zur Welt. Sie hat nur 1 Kilo 70 gewogen und ist am Sylvesterabend gestorben. Der Herr Sauer war ziemlich böse auf mich, weil es wieder nur Mädeln geworden sind, aber ich hab ihm versprochen, mich nächstens mehr zusammenzunehmen . Herr Chronist, ich hab alles getan, nur daß es keine Klagen über mich gibt.
Machmal bin ich noch mitten in der Nacht aufgestanden und hab die Teppichfransen glatt gekämmt, nur damit alles seine Ordnung hat... Bei uns war auch bis 1912 nichts Besonderes zu vermelden, außer daß ich noch drei Mädchen zur Welt brachte. Die Johanna Maria, die Theresia Maria und die Karoline Maria.

CHRONIST: Augenblick, ich notiere.

HERMINE: Ja, da war noch was. Im Jahre 1909, ich weiß es noch wie heute, da sind der Herr... der Adalbert und ich gesessen und haben geplaudert. Vom Geschäft. Er hat mir gesagt, daß er jetzt das Zwirn- und das Hirschhornknopfsortiment erweitern will, weil doch die Familie so anwächst... Und daß ein neuer Artikel auf den Markt gekommen ist... Die Thekla hat immer dreingeredet und geweint. Mutter, hat sie gesagt, ich...

Da ist der Sauer sehr böse geworden, weil ein Kind hat doch schließlich den Mund zu halten, wenn sich die Eltern unterhalten... Es war doch wichtig, ob der Sauer die Schnellfeuerhosen bestellen sollte oder nicht... Die waren ja sehr praktisch, Herr Chronist, hinten mit einem Schlitz...

CHRONIST: Weiter...

HERMINE: Das Kind hat und hat keine Ruhe gegeben, bis ihr der Sauer...

CHRONIST: Lassen Sie das Kind doch selber erzählen.

HERMINE: Na, komm schon, Thekla, erzähl dem Onkel, wie das damals war... Also, Thekerl, was ist denn? Wirst Du jetzt reden oder nicht? Wart nur, ich sag's dem Vater...

THEKLA: Mama, sag's du!

HERMINE: Da haben Sie's wieder, Herr Chronist. So macht sie es immer. Wenn sie reden soll, bringt sie den Mund nicht auf, aber damals...

CHRONIST *ungeduldig*: Kommen Sie zur Sache, Hermine.

HERMINE: Sie hat eine eitrige Mittelohrentzündung gehabt, aber das haben wir doch nicht wissen können,

der Sauer und ich. Er hat ihr halt eine heruntergehauen, weil sie dauernd gegreint hat. Wo es doch ums Geschäft ging. Aber daß die beiden Trommelfelle geplatzt sind, daran ist die Mittelohrentzündung schuld, nicht der Vater, gelt, Thekerl?
Thekla schweigt.

CHRONIST: Ich notiere. Thekla hat jetzt ein besonderes Kennzeichen. Hochgradige Schwerhörigkeit. Sonst noch was?

HERMINE: Ja, im Jahre 1912, da hat uns der Herr Pfarrer öffentlich von der Kanzel herunter gelobt.

CHRONIST: Interessant. Erzählen Sie, aber kurz.

HERMINE: Die Thekla hat doch immer so schütteres Haar gehabt, obwohl sie sonst ein recht hübsches Kind war, und da hat der Max, was dem Sauer sein Schwager war, der das Friseurgeschäft in der Himbergerstraße gehabt hat, also der hat gesagt, man soll dem Kind einmal die Haare ganz kurz schneiden, dann wachsen sie vielleicht kräftiger nach. Der Vater hat es ihr ja gut gemeint, er hat gesagt, da soll der Max ihr doch gleich eine Vollglatze schneiden, wenn das was nützt. Ehrlich, Herr Chronist, der Sauer - der Vater hat gar nicht daran gedacht, daß die Thekla am nächsten Sonntag die erste Heilige Kommunion haben wird. Freilich, komisch hat sie schon ausgeschaut, mit dem weißen Spitzenkleiderl und der Glatze. Die Kinder haben auch alle gelacht... und das verstockte Kind hat gar nicht mehr in die Kirche hineingehen wollen. Aber dann hat sie der Herr Pfarrer ganz öffentlich gelobt. Sie hat ein reines Herz, unser Thekerl, hat er gesagt und sei frei von jeder Eitelkeit...

CHRONIST: Hören Sie doch endlich auf.

HERMINE: Da war noch was. Die Krenmayer, die wo Hausmagd beim Winterstein gewesen ist, hat dem sein Haus geerbt. Aber sie hat aufs Land hinaus wollen und da hat der Sauer einen Vertrag mit ihr gemacht, daß er das Haus auf Raten kauft, was doch ganz gegen seine Gewohnheit war, aber er wollte der Krenmayer halt helfen...

THEKLA: Mama, da war doch noch etwas.

CHRONIST: Ja, was denn, Thekla?

THEKLA: Mama, sag's du.

HHERMINE: Was denn?

THEKLA: Na, das mit dem Hund.

HERMINE: Das ist doch nicht so wichtig, Thekla. Aber bitte. Knapp nach der Erstkommunion ist dem Sauer ein Hund zugelaufen. Ein struppiger Pinscherbastard. Den hat die Thekla behalten dürfen. Wie hat er schnell geheißen?

THEKLA: Rolli, Mama.

CHRONIST: Wir begeben uns ins Jahr des Heils 1913, wenns recht ist. Antonia.

ANTONIA: 1913... da hab ich wieder in der Fabrik gearbeitet. Der Karli war ja jetzt schon groß und hat auf die Kinder aufgepaßt... er war damals hinter jedem Kreuzer her... sogar Putzarbeiten hat er übernommen... in einem photographischen Atelier...

LINTSCHI: Mama, du bist naiv. Der Photograph hat ihm doch gar nichts bezahlt, nur durchs Guckerl hat er schauen dürfen, wenn der Meister eine Nackerte photographiert hat... die Sau...

ANTONIA: Lintschi, so darf man nicht reden... Da war noch etwas...

SCHANKWIRTIN: Das erzähl ich schon selber. Ich heiße Erna Braunstiegl und hab dazumals eine Weinschank gehabt. Dort war der Hofmann Karl zuerst oft als Gast und dann hab ich ihn als Rausschmeißer aufgenommen... In einer schwachen Stund, da ist es eben passiert. Da hat er mir das Kind gemacht. Den Robert. Geboren am 25. 8., glaub ich. Kaum war der Robert da, hat sich der Karl als Chef aufspielen wollen bei mir ... Ha. ha. Ich hab dann den andern Karl kennengelernt. Karl den Großen, haben wir ihn genannt, zum Unterschied vom Hofmann. Eines Tages hab ich ihm sein Binkerl vor die Tür gstellt und den Robert gleich dazu. Und aus war's.

CHRONIST *(entsetzt):* Und Sie haben sich um Ihr Kind nie mehr gekümmert?

SCHANKWIRTIN: S' war ja schließlich sein Kind auch. Ich hab mir's nicht gewünscht.

HERMINE: Pfui Teufel ... was es alles für Weiber gibt ...

ANTONIA: Der Karl ist dann wieder zu mir gekommen, mit dem Kleinen auf dem Arm. Seine Mutter hat ihn nicht mehr genommen. Sagen der Herr Chronist selber, was hätt ich denn tun sollen? Das Kind hat ja nichts dafür können ... und uns ist es ja jetzt auch besser gegangen. Der Karli hat schon eine Stelle gehabt, als Lehrbub, in einem Stoffgeschäft. Er war sehr beliebt bei der Kundschaft, der Karli, deshalb hat mir der Herr Weinlich auch das Lehrgeld erlassen ...

LINTSCHI: Ja, Mama. Der Karli war sehr beliebt. Auch bei unserer Hausmeisterin. Kannst Dich auf die Blunzen erinnern? Der Karli hat sie immer heraufgebracht, wenn er geglaubt hat, daß die Wohnung leer ist. Aber ich bin unterm Bett gelegen und hab alles gehört ... so eine Sau.

ANTONIA: Pfui, Lintschi. Wenn wir auch nur arme Leute sind, so was sagt man nicht.

CHRONIST: Hermine, war bei Ihnen etwas zu melden?

HERMINE *(stolz):* Das will ich meinen, Herr Chronist. Am 7. 7. 1913 ist unser Sohn Adalbert Franz Maria geboren. Der Herr Sauer hat mir aus lauter Freude einen wunderschönen gelben Strohhut gekauft. Mit Margeriten ... Wir waren alle sehr glücklich ...

CHRONIST: Wir begeben uns jetzt ins Jahr des Heils 1914.
Gekicher.
Was gibts denn da zu lachen, Lintschi?

AMALIA: Jetzt bin ich dran. Also da bin ich gestorben, im Vierzehnerjahr. Endlich ... Im Oktober. Ein Leben voller Müh und Plage und dazu den Karl, den Nichtsnutz, wo doch sein ... Herr Chronist, ich hinterließ ihm eine gutgehende Pfeidlerei, eine komplette Kücheneinrichtung, Zimmermöbel in Eiche massiv, eine Alabasterbüste, drei Zimmerpalmen und Tisch- und Bettwäsche für 12 Personen. Und wissen Sie, was er damit gemacht hat? Versoffen: In einer Nacht versoffen .. Die Früchte eines ganzen Lebens voller Arbeit ...

CHRONIST: Wie das, Amalia?

AMALIA: Ausgemustert ist er worden. Es war doch Weltkrieg inzwischen. Und da hat er vor lauter Freude, daß er tauglich war, alles versoffen ... wie soll ich da ruhig in meinem Grab liegen können, Herr Chronist ...

ANTONIA *(kleinlaut):* Sie hat mich ja nie leiden können, seine Mutter, aber was wahr ist, muß wahr bleiben. Das hat er wirklich getan. Aber, Herr Chronist, er hat's doch schwer gebüßt. Gleich am ersten Tag an der Front hat's ihn erwischt, den Karl. Ich hab noch eine Feldpostkarte bekommen. Vorgedruckt: Ich bin gesund, es geht mir gut ... aber da war er schon nicht mehr ... es war kein leichtes Leben neben ihm, aber das hab ich nicht wollen ... eigentlich war damals mein Leben auch zu Ende ...

CHRONIST: Was reden Sie da? Sie sind doch erst viel später gestorben.

ANTONIA: Ja, das schon. Die Kinder haben mich ja noch gebraucht ... Aber als Frau ... der Herr Chronist verstehen schon, als Frau bin ich auch schon im Vierzehnerjahr verstorben. Über die Zeit danach ist nicht mehr viel zu sagen. Der Karl hat den Handel gelernt, der Adolf ist Maler geworden ...

Chronist lacht.

ANTONIA: Was gibts denn da zu lachen? Maler und Anstreicher ist ein sehr ordentlicher Beruf ... Der Lothar hat schon immer einen Hang zur Natur gehabt, den hab ich zu einem Gärtner gegeben, und die Lintschi hat einen Posten in der Fabrik angenommen. Es war nicht leicht, aber es ist aus allen etwas geworden. Der kleine Roberti, lachen der Herr Chronist jetzt nicht über mich, der ist mir besonders ans Herz gewachsen ... Er war so ein anhängliches Kind und er hat immer geglaubt, daß ich seine richtige Mutter bin. Ja, den Roberti hab ich später Friseur werden lassen ... Das war es, Herr Chronist.

HERMINE: Der Sauer hat nicht einrücken müssen. Er war ja schon älter und hat Plattfüße gehabt. Aber deswegen hat er doch etwas fürs Vaterland getan. Er hat Kriegsanleihe gezeichnet, immer ein Bild unseres Kaisers und Obersten Feldherrn in die Auslage gestellt, und seinen Ehering hat er für Eisen getauscht ... Und ich hab auch mein Teil getan. Jede freie Minute haben wir Scharpie gezupft, die Kinder und ich ...

Alles hätte gut gehen können, nur dann ...

CHRONIST: Ich weiß schon, aber das war doch erst später.

HERMINE: Ja, im Sechzehnerjahr. Da hat der kleine Adalberti die Schwindsucht gekriegt. Der Sauer hat alles getan, was nur möglich war, die besten Ärzte bezahlt ... alles ... aber das Kind ist nicht gesund geworden. Da hat die Frau Wiesinger, was die Schwester von unserer ...

CHRONIST: Hermine.

HERMINE: Also da hat die Wiesinger gesagt, gegen die Galoppierende, da hilft nur eins mit Sicherheit: Hundeschmalz. Aber wo war denn damals noch ein fetter Hund aufzutreiben, Herr Chronist? Nur der Rolli, den hat die Thekla doch immer mit ihrem Jausenbrot gefüttert ... Eines Tages war er tot.

THEKLA: Umgebracht: Ihr habt ihn umgebracht, meinen Rolli'.

HERMINE: Kind, er ist gestorben.

THEKLA: Nein, nein ... ich weiß es genau. Umgebracht habt Ihr ihn ... Aber ich hab drum gebetet, daß der Adalbert endlich stirbt. Ätsch ... Und ...

HERMINE *(entsetzt)*: Thekla, was sagst Du da?

THEKLA: Ja, ja, gebetet hab ich drum, daß der Adalbert stirbt. Und der liebe Gott ...

HERMINE: Die Thekla muß damals schon ... Am 5. Juli, knapp vor seinem 3. Geburtstag, ist er hinübergegangen. Ein schönes Kind, noch im Tod ... Die roten Bäckchen ... *(Sie weint)*.

CHRONIST: Fassen Sie sich doch, Hermine.

HERMINE: Dann war alles aus, für mich und für den Adalbert auch. Jetzt wollen wir nur mehr der Pflicht leben, hat er gesagt, jedem Mädel noch ein Haus und dann ... Sogar für die Thekla, die doch an allem schuld war, aber das haben wir ja nicht gewußt ... Wir haben nur mehr gearbeitet und gespart.

CHRONIST: Und die Mädeln?

HERMINE: Waren alle brav und anständig ... Keines aus der Reihe getanzt ... bis auf die Thekla halt.

CHRONIST: Weiter ...

HERMINE: Wir haben jeden Tag ein Kerzerl angezündet für den armen kleinen Adalberti und am Sonntag sind wir zu seinem Grab gegangen, die ganze Familie ...

CHRONIST: Was war mit den Mädeln?

HERMINE: Die haben alle etwas gelernt. Was man halt so braucht für die Ehe. Sie haben alle einen Kochkurs besucht. Für Bürgerliche und einfache Küche ... nähen haben sie gelernt. Da war die Thekla die beste ... Das hat sie von mir gehabt. Mit 17 Jahren hat sie ...

CHRONIST: Immer dasselbe. Die Weiber können keine Ordnung halten. Wir sind erst im Jahr 1916 und Sie reden schon vom Jahr 1921. Wo kommen wir denn da hin?
Wir begeben uns ins Jahr des Heils 1918.
(Keine Reaktion).

CHRONIST: War da nichts?

LINTSCHI: O ja, da war der Krieg aus. Da hat der Karli gesagt, er ist froh, daß er's jetzt wieder leichter hat, weil jetzt die Männer zurückkommen. Die Weiber können sich alle nicht genug kriegen, hat er gesagt, der Karli ... die Sau.

CHRONIST: Ich seh' schon, so geht das nicht. Hermine, Sie erzählen weiter.

HERMINE: Also mit siebzehn Jahren hat die Thekla ihr erstes Crepe-de-Chinekleid bekommen. Teerosenfarbig mit einer grünen Samtschleife. Und dazu passende Baumwollhandschuh, da hat sich der Sauer nichts nachsagen lassen. Ich hab ihr die Haare — die noch immer recht schütter waren — aufonduliert, damit sie nach mehr aussehen und dann sind wir mit ihr ausgegangen. Zum Kränzchen des Junghausherrenverbandes, zum Ball der Wirkwarenerzeugersöhne und -töchter ... aber es war alles umsonst. Sie hat einfach den Mund nicht aufgemacht ... Und eine Brille hat sie damals auch schon gebraucht. Das Hörrohr haben wir immer zu Hause gelassen, weil das so entstellt hat ... Immer hat sie geglaubt, die jungen Leute lachen über sie, weil sie nichts verstanden hat, wenn sich die andern unterhalten haben. Dann hat sie zu Hause wieder ein Buch aufgeschlagen und nichts als nur lesen wollen. Sogar hinterm Bett hat sie die Bücher versteckt ... Wenn sie staubwischen sollte, hat sie schnell ein bisserl geschmökert, da drin. Und meistens nur Hundegeschichten ... Im Zwanzigerjahr, da ist dann der Hofmann Karl zu meinem Mann als Commis gekommen. Aus ganz einfachen Verhältnissen, aber sehr höflich und beliebt bei der Kundschaft ...

CHRONIST: Sonst noch was?

HERMINE: Ja. Der Adalbert hat das zweite Haus in Erdberg ausbezahlt. Die Krenmayer hat zwar protestiert, weil doch jetzt Inflation war, aber der Adalbert hat gesagt: Ausgemacht ist ausgemacht: Da haben sie die Summe und Schluß. Die Krenmayer hat ihm den Prozeß machen wollen, aber sie hat seinerzeit bei dem Vertrag die Wertsicherungsklausel vergessen. Ich versteh ja nicht viel vom Geschäft, aber der Sauer hat immer gewußt, was für uns gut ist.

Ja, der Karl war ein netter Mensch, leider halt ganz ohne Vermögen ...

LINTSCHI *(kichert):* Ein netter Mensch? Der ist am ersten Tag, wo er beim Sauer die Stelle gekriegt hat, heimkommen und hat gesagt, bei den Leuten ist was zu machen. Die haben ein Geld und einen ganzen Arsch voll schiacher Töchter ... die Sau ...

ANTONIA: Sofort bist du ruhig. So was sagt man nicht. Was soll sich denn der Herr Chronist von uns denken?

LINTSCHI: Ist aber wahr. Dann hat er angefangen, der Thekla schöne Augen machen ... und dabei hat er doch eh das Gspusi mit der Hausmeisterin ghabt ... und mit den anderen ...

ANTONIA: Das ist nicht wahr. Lintschi. Er hat die Thekla gern ghabt. Das hat er mir selber gesagt.

HERMINE: Im Jahr 1923 hat er um sie angehalten. Und der Sauer hat gesagt, zuerst müßt ihr euch prüfen, ob die Liebe auch halt. Erst noch ein bissel zuwarten, das hat noch keinem g'schadt, hat er gesagt, der Sauer. Der Karl hat ihm in die Hand hineinversprechen müssen, daß er zur Thekla wie ein Ehrenmann sein wird, und dann hat der Sauer seinen Segen dazu gegeben. S'ist ihm nicht leicht gefallen, er hätt sich schon was Besseres vorgstellt, für die Thekla ... Aber tüchtig im Geschäft, das war er ja, und es hätt sich sowieso kein anderer gfunden, obwohl ihr der Sauer statt dem Hörrohr einen modernen Apparat gekauft hat, damit sie sich nicht so ausgeschlossen vorkommt. Die Thekla hat dann angefangen, ihre Aussteuer zu nähen und alles ist

in Ordnung gewesen ... Nur den Apparat hat sie nicht ertragen, sie kriegt Wimmerln davon, im Ohr, hat sie gesagt ... Manchmal war sie schon schwierig ... Und 1925 war dann die Hochzeit ...
Na, komm, Thekerl, erzählt dem Herrn Chronisten, was dir der Vater für eine schöne Hochzeit ausgerichtet hat.

THEKLA: Sag's du, Mama.

HERMINE: Über 20 Leute waren wir, der engste Familienkreis. Die Antonia war eingeladen mit den Kindern und wir selber waren ja auch unser sieben. Sie war eine so schöne Braut, unser Thekerl ... Sogar der Sauer hat weinen müssen ... Und der Karl hat auch fesch ausgeschaut in seinem Frack, obwohl der ein bissel komplett war, er hat ihn aus der Leihanstalt gehabt. Am 7. 2. war das, Herr Chronist, wenn Sie's vermerken wollen. Es hat Esterhazyrostbraten gegeben ...

CHRONIST: Ich bitte Sie ...

LINTSCHI: Da hat der Adolf gesagt, die schauen ja aus, wie eine Nachgeburt. Die Mutter hat ihm unter dem Tisch einen Tritt gegeben, aber die Thekla hat so blöd geschaut, ich glaub, die hat gar nicht gewußt, was eine Nachgeburt ist ... Aber der Adolf hat noch zwei Wochen eine Blutblasen gehabt, Herr Chronist ...

CHRONIST: So kommen wir nicht weiter, wenn wir uns in Nebensächlichkeiten verlieren. Thekla, jetzt müssen Sie reden. Waren Sie glücklich mit dem Karl?

THEKLA: Mama, sag's du.

HERMINE: Natürlich war sie glücklich. Der Vater hat ihr doch die schönen Möbel gekauft. Blumenesche, hell. Und der alten Hofirek hat er die Wohnung gekündigt, wegen Eigenbedarf, oder wie das geheißen hat. Und einen Gasherd hat sie auch bekommen. Und die Türen von der Hofirekwohnung hat ihr der Vater neu streichen lassen, weil die Alte doch alles so verludert hat. Und mehr bezahlt hat er dem Karl auch, ich weiß nicht mehr genau wieviel, aber es hätte reichen müssen für zwei.

LINTSCHI: Der Karl hat zu mir gesagt, wenn er gewußt hätte, wie schoflich der Sauer ist, dann hätt er sich seine Thekla …

CHRONIST: Schluß jetzt. Thekla, hier steht: Hochzeit 7. 2., Geburt des ersten Kindes 10. 10., Sie müssen jetzt ehrlich sein, wann haben Sie mit dem Karl zum ersten Mal … intimen Kontakt gehabt?

HERMINE: Was erlauben Sie sich? Meine Thekla war immer ein braves Kind … wenn sie auch ihre Mucken gehabt hat, aber sowas hätt sie nie getan … alles was recht ist …

CHRONIST: Das Kind Laura kam aber am 10. 10. zur Welt, wie erklären Sie sich das?

HERMINE: Lesen Sie das Attest. Wir haben es schriftlich, daß die Laura ein Achtmonatskind ist.

LAURA: Darf ich auch endlich was sagen?

CHRONIST: Nein, Laura, du bist noch zu klein. Du kannst noch nicht reden, wir schreiben erst 1925.

LAURA: Ach, lecken Sie mich doch am Arsch. Wer sind Sie denn überhaupt? Haben Sie einen Ausweis? Wer hat Sie ermächtigt, uns da so auszufragen?

CHRONIST: Ihr späterer Sohn Konrad, Laura. Aber ich bitte Sie, lassen Sie uns die chronologische Reihenfolge einhalten, sonst wird der Knoten unentwirrbar. Ich finde mich dann einfach nicht mehr zurecht, wenn …

LAURA: Immer wollt Ihr es Euch leicht machen, Ihr Männer. Ob Sie sich zurechtfinden oder nicht, ich bin ein Achtmonatskind. Ich muß es ja schließlich wissen, ich war doch dabei. Was glauben Sie, was das für ein Spießrutenlauf für meine Mutter war? Bis sie mir das Attest um den Hals gehängt hat, damit es jeder lesen konnte, daß ich so voreilig war. Gefreut hat sich nur mein Vater über mich, den andern war's einfach zu peinlich ... Na, das war vielleicht ein Wirbel. Mein Vater hat es allen gesagt, daß ich da bin, und die Sauerschen hätten mich doch noch gern einen Monat unter Verschluß gehalten ...

HERMINE: Wie sprichst du denn, Laura?

LAURA: Wie mir der Schnabel gewachsen ist, Großmutter. Ich kann Ihnen sagen, Chronist, ich hab allerhand mitgemacht, als Kind.

HERMINE: Du undankbarer Fratz, du. Haben wir dir nicht alles gegeben, was dein Herz begehrt hat?

LAURA: Ja ... einen Eisenbahnwaggon gefüllt mit guten Lehren: Du darfst den Großvater nicht am Bart zupfen, Laura ... Du mußt immer alles aufessen, was auf den Teller kommt, Laura ... Du darfst nicht pfeifen, Laura, sonst weint die Himmelmutter ... schau nicht immer auf den Großvater seinen Teller, du ißt das, was wir alle essen ... wenn du eingeladen bist, Laura, dann darfst du nur ein kleines Stückchen Kuchen nehmen, sonst glauben die Leute, wir haben einen Hunger ... und immer das letzte Stückerl stehen lassen, das gehört sich so ... und wenn du fortgehst, dann mußt du immer schauen, ob du eine saubere Wäsche anhast, weil wenn dir etwas zustößt, auf der Straße, was denkt sich da der Herr Doktor von uns ... zur Frau Kvasnicka mußt du immer Frau Doktor sagen, weil ihr Mann ist ein Rechtsanwalt ... hast du denn keine Freude mit der schönen Krippe, die dir das Christkinderl gebracht hat? Schau, ist es nicht lieb, das Christkinderl? Es ist aus St. Gabriel, da wo auch dein Zwergerlkalender herkommt ... aber Laura, ein Karl May, der ist doch nur etwas für Buben ... komm, häkle jetzt noch die 10 Zentimeter Spitze, dann kriegst du ein Stück Torte ... Pff ... Na, Chronist, die helle Freude, was?

CHRONIST: Wieso waren Sie in Obhut ihrer Großeltern?

LAURA: Weil meine Mutter damals schon — na, sagen wir — schwermütig war.

CHRONIST: Und der Herr Papa?

LAURA: Ich hab ihn gern gehabt. Er hat immer lustige Lieder für mich gesungen, und wenn er am Abend aus dem Geschäft gekommen ist, dann hat er seine Witzchen mit mir gemacht ...

LINTSCHI: Er hat der Kleinen immer die Lieder vorgesungen, die er im Kaffee „Zur Blutigen Hacke" aufgeschnappt hat. Und die Saxophonistin von der Damenkapelle, die hat er auch ge....

LAURA: Lintschi, ich hab den Text doch ohnehin nicht verstanden.

HERMINE: Alles hat er uns zufleiß getan, der Karl, später, wie er in unsere Familie hineingeheiratet hat. Er hat ganz genau gewußt, daß eine Scheidung nicht in Frage kommt. Todunglücklich hat er die Thekla gemacht. Immer mit dem Kind herumgealbert ... und einen Stock hat er sich gekauft, mit einem Elfenbeingriff und Shimmyschuhe ... Und in der Nacht, wenn die Thekla und das Kind geschlafen haben, da ist er immer weggegangen ... Ins Theater und ins Kaffee, wo er's doch zu Hause so schön und gemütlich hatte. Mein Mann hat ihn ganz kurz gehalten und in die Ladenkasse durfte er auch nicht mehr ... wir wissen bis heute nicht, wo er das Geld hergehabt hat ...

LINTSCHI: Von der Mia. Die hat ihn ausgehalten ... die Sau.

LAURA: Sei still, Tante Lintschi. Ihr wollt alle ein schwarzes Schaf aus ihm machen, aber er war nur ein grauschraffiertes ... ich weiß das.

CHRONIST: Wir sind jetzt im Jahre des Heils 1925, wenn ich nicht irre. Hat noch jemand etwas zu berichten?

LAURA: Bei mir wird's erst 1938 wieder interessant.

HERMINE: Im Dreißigerjahr, da hat sich die Barbara Maria verlobt. Mit einem Zylinderfabrikaten. Und, ich glaub, im Sechsunddreißigerjahr muß es gewesen sein, da hat der Sauer das Lager vergrößert. Weiße Herrenstutzen sind jetzt auf einmal so gut gegangen.

CHRONIST: Ich bitte Sie, Hermine.
Wenn also nichts weiter anliegt, dann begeben wir uns ins Jahr des Heils 1938.

LAURA: Sie Trottel.

CHRONIST: Pardon. Reine Gewohnheit.

HERMINE: Im Jahre 1938, da hat das Geschäft floriert. Der Sauer hat eine Reichszeugmeisterei angegliedert. Er hat viel verdient damals und hat noch drei Häuser für uns gekauft ...

LINTSCHI: Alles den Juden abgeluchst, Herr Chronist.

HERMINE: Der Adalbert hat gesagt, Angebot und Nachfrage regelt den Preis. Ich versteh ja nichts vom Geschäft, aber der Adalbert hat wirkich immer gewußt, was für uns gut ist. Obwohl er schon fast siebzig war.

Und wenn wir die Häuser nicht gekauft hätten, dann hätt sie halt ein anderer genommen. Und die 27.000 Quadratmeter saure Wiese, draußen vor der Stadt, die hat der Adalbert den Kohn aus reiner Nächstenliebe abgekauft ... Siebenundzwanzigtausend Quadratmeter saure Wiese. Ich bitte Sie, Herr Chronist, daß muß man ihm schon hoch anrechnen, dem Adalbert, aber er hat den Kohn halt so gut gekannt ...

LAURA: Wohltun trägt Zinsen, Chronist.

HERMINE: Du sagt das so schnippisch, Laura.

LAURA: Ich stelle nur fest.

CHRONIST: Keine Streitigkeiten, wenn ich bitten darf. Meine Zeit wird knapp. Laura, was haben Sie zu berichten?

LAURA: 1938 habe ich meinen Vater erwischt ... mit einer anderen. Er war sehr betroffen und hat mir manches erklärt. Ich war zwar erst dreizehn Jahre, aber ich hab es schon verstanden.

CHRONIST: Interessant.

HERMINE: Wie hat er sich denn herausgeredet, der Lump?

LAURA: Es ist darauf hinausgekommen, daß man ein Kaninchen nicht mit einem Feldhasen zusammentun soll. Das Geld von uns Sauern habe ihn geblendet ... Er hat ‚von uns Sauern' geredet, das war mir nicht recht, Chronist. Können Sie das verstehen?

HERMINE: Kind, Kind, was wird aus Dir noch werden?

CHRONIST: Um das festzustellen, sind wir ja hier.

LAURA: Knapp nachher hat mich mein Vater zur Seite genommen, hat gesagt, halt die Ohren steif, Laura, und denk nicht allzu schlecht von mir. Dann hat er zur Mama gesagt, ich hol nur schnell den Völkischen Beobachter und ist gegangen ... für immer.

HERMINE: Das war doch nicht 1938, Laura. Das war später.

LAURA: Nein, Großmutter.

HERMINE: Ich weiß es genau, weil wir doch gesagt haben, er ist freiwillig an die Front gegangen und nicht mehr zurückgekommen.

LAURA *(bitter)*: In stolzer Trauer.

CHRONIST: Thekla, wie war Ihnen denn damals?

THEKLA: Sag's du, Mama.

HERMINE: Mein Mann hat ihr einen antiquarischen Band der „Enzyklopädie der weiblichen Handarbeiten" geschenkt ...

LAURA: 746 Seiten. 1087 einfarbige Abbildungen. 17 Farbtafeln. Und er hat ihr empfohlen, das Werk von den Armenischen Spitzen bis zur Mexikanischen Durchbrucharbeit durchzuackern, dann sei ihr Herzeleid sicher vergessen.

CHRONIST: Machen Sie keine schlechten Witze, Laura.

LAURA: Auf mein Wort, so war es. Allerdings hat sie wieder aufgemuckt. Auf Seite 356: ‚Schutzdeckchen und Kragen in Häkelarbeit', da hat sie ihr Herz fürs Häkeln entdeckt und bis zu ihrem Tod im Jahre 1942 nur mehr gehäkelt. Bis zur Mexikanischen Durchbruchsarbeit hat ihre Zeit nicht gereicht.

CHRONIST: Todesursache?

LAURA: Eine merkwürdige Sache, Chronist. Sie hat eine offene Stelle am Rücken bekommen, zunächst dachte man, ein Abzeß. Sie wurde operiert und es kam ein Gewächs zum Vorschein. Zähne, Knöchelchen, Haare ... ein nichtentwickelter Zwilling. Sie hat das schon nicht mehr richtig mitbekommen und ist bald darauf gestorben. In geistiger Umnachtung. Ich glaube, sie hat über zweihundert Kragen und wer-weiß-wieviele Schutzdeckchen gehäkelt. Das muß einem ja den Geist verwirren.

HERMINE: Ja, ja, unsere Thekla. Im Jahre 1940 ist dann auch der Adalbert im Alter von 72 Jahren, versehen mit den Hl. Sterbesakramenten, sanft in den Herrn entschlafen.

LAURA: Damals war ich 15 Jahre, Chronist. Die Großmutter hat versucht, das Geschäft zu führen, meine Mutter hat 16 Stunden am Tag gehäkelt, mein Vater war auch weg. Er hat mir übrigens noch einmal eine Karte geschickt, nach seinem Heldentod ... Ja, ich hab mich damals sehr nach ein bißchen Liebe gesehnt und ein halbes Jahr später hab ich einen kennengelernt. Ein ganz interessanter Typ. Altphilologe. Der hat mich dann defloriert.

HERMINE: Um Gottes Willen. Laura. Was sagst du da?

LAURA: Die Wahrheit, Großmutter. Auf einer Waldwiese, im blauen Nadelstreifanzug. Vorher hat er Hölderlin deklamiert und hinterher wieder ... Scheußlich!

CHRONIST: Hölderlin?

LAURA: Ich bitte Sie, wenn einer seinen Penis aus einem blauen Nadelstreifanzug rausnimmt ... und noch dazu auf einer Waldwiese ...

HERMINE: Kind, Kind ... Was haben wir da großgezogen? *(Laura lacht).*

HERMINE: Ich hab geglaubt, der Konrad war der Erste.

LAURA: Der Konrad war der Dritte. Dazwischen war noch … mir fällt im Augenblick der Name nicht ein, aber für die Familienchronik ist das ohnehin scheißegal …

HERMINE: Den Konrad hat sie dann geheiratet, Herr Chronist. Im Jahre 1945.

LAURA: Und genau 9 Monate später ist der Junior gekommen. Tragen Sie ein: Vater unbekannt.

CHRONIST: Gemach, gemach … Laura, ich entnehme da gewissen Daten, daß …
(Laura lacht).

CHRONIST: Sie haben am 3. Mai 1945 den Unteroffizier der Deutschen Wehrmacht …

LAURA: Konrad Schwarz geheiratet. Das stimmt. Trotzdem bleibe ich dabei: Vater unbekannt. Er war auf Urlaub. Kriegstrauung. Wir kannten uns genau 10 Tage. Glauben Sie, Chronist, man lernt einen Menschen in 10 Tagen kennen?

CHRONIST: Weshalb hatten Sie's denn so eilig, verdammt noch mal?

LAURA: Weil ich ihn für mutig hielt. Er sagte, er sei bei der Widerstandsbewegung … Das imponierte mir … Mir hat immer jeder imponiert, der sich den Mund aufzumachen getraute. Ist das so schwer zu verstehen? Zwei Tage nach der Trauung wurde er abgestellt. Vorher sagte er das, was so viele schon vor ihm gesagt haben: Ich weiß ja nicht, ob ich das alle lebend übersteh, aber ich möchte so gern in einem Kind weiterleben. In einem Kind von dir … Dann ging er. Wenige Tage später waren die Russen in Wien.
(Sie zögert).

CHRONIST: Weiter?

LAURA: Weiter? Da hab ich dann gewußt, daß einer, der sich mit Hölderlin stimuliert, gar nicht so schlimm ist. Ja, Chronist, anfangs Februar im nächsten Jahr ist dann der Konrad gekommen. Der Junior, mein ich ...

HERMINE: Schade, daß ich das nicht mehr erleben durfte ... Ich bin nämlich schon im Jahr 44 von einer Bombe erschlagen worden.

LAURA: Ja, die Großmutter und alle meine Tanten bei einem einzigen Angriff ums Leben gekommen ...

HERMINE: Und unsere Häuser, Laura?

LAURA: Die waren futsch. Der Konrad ist dann entlassen worden und hat versucht, sich eine Existenz aufzubauen. Ich erzählte ihm die Geschichte mit den Russen. Er war richtig wütend. Wenn ich so ein Schwein erwische ... nur anschau ... mit der bloßen Hand könnte ich sie erwürgen ... Er hat sich dann bei der Österreichisch-Amerikanischen Gesellschaft einschreiben lassen.

CHRONIST: Die Ehe war glücklich?

LAURA: Relativ. Solang bis ich einmal — neugierig wie ich schon bin — in seinen Sachen herumgekramt habe. Ich hab ein Foto gefunden, auf dem der Konrad als Bannführer der HJ drauf war, und einen Ausweis, lautend auf Konrad Schwarz, Mitglied der Russisch-Österreichischen Gesellschaft. Und noch drei Parteibücher. Da hab ich meinen Hut genommen und den kleinen Konrad und bin gegangen.

CHRONIST: Ts .. ts .. ts .. Wohin?

LAURA: Blöde Frage. Zum Scheidungsanwalt, Chronist, wohin sonst? Aber der hat mir klargemacht, daß Charaktermangel kein Scheidungsgrund sei, da müße schon etwas Ärgeres vorzubringen sein. Ehebruch zum Beispiel. Da hab ich ihn eben betrogen, den Herrn Schwarz, mit dem erstbesten, der mir über den Weg lief. Dann hat die Geschichte funktioniert. Manchmal muß man unnötige Umwege machen ... So, Chronist, ich glaube, das wärs dann.

CHRONIST: Nicht so hastig, Laura. Was haben Sie nach der Scheidung gemacht?

LAURA: Ich hab Gedichte geschrieben. So Herz-Schmerz-Sachen. Nichts von Bedeutung ...

CHRONIST *(erstaunt)*: Davon konnten Sie leben mit dem Kind?

LAURA: In welchem Jahrhundert sind Sie zu Hause, Chronist? Geld verdient hab ich mit allem Möglichen ... Gelegenheitsarbeiten. Es hat gereicht für uns zwei. Schickt der liebe Gott ein Häschen, dann schickt er auch ein Gräschen, nicht wahr, Großmutter?

CHRONIST: Herz-Schmerz-Sachen, sagten Sie? Es hat also wieder Männer in Ihrem Leben gegeben?

LAURA: Klar. Einige. Das Übliche, nicht der Rede wert, wenn ich es heut überdenke. Wir Frauen glauben ja immer, unser Glück liegt in den Armen der Männer ...

CHRONIST: Eine indiskrete Frage noch, Laura, ja?

LAURA: Meinetwegen. Aber schnell. Ich möchte zurück ...

CHRONIST: Ich lese hier, daß man Sie entmündigt hat. Wie kam es dazu?

LAURA: Nicht wegen der Gedichte, Chronist. Der Konrad war damals schon großjährig und er wollte immer viel Geld haben ... hat von großen Geschäften geträumt, nur das Startkapital fehlte ... Er hat in einer Bank gearbeitet und recht ordentlich verdient ... Nun, eines Tages hat er herausgekriegt, daß mir 27.000 Quadratmeter Grund gehören, die saure Wiese, Sie erinnern sich, Chronist? Wurde in Bauland umgewidmet, dazu die Ruinengrundstücke mitten in der Stadt. Er wurde fast verrückt vor Freude. Ich hab ihm gesagt, das alles gehört mir nicht ... Aber du stehst doch im Grundbuch, Mama ... Trotzdem, Junge, mir gehört das nicht ... Was soll ich viel erklären, herumreden ... Es war nicht schwierig, mich entmündigen zu lassen ... war doch schon meine Mutter ... Er hat mich in einem Nervensanatorium untergebracht ...

CHRONIST: Gräßlich. Das haben Sie ausgehalten?

LAURA: Es sitzen noch ganz andre Leute als ich auf Psychiatrischen Kliniken ... außerdem hab ich mich dort wieder verliebt und war sehr glücklich ... zum ersten Mal in meinem Leben ...

CHRONIST: Mit einem Patienten?

LAURA *(mehr für sich):* Vielleicht können nur Narren wirklich lieben? ... Na, was soll's? Jetzt bin ich schon bald zwei Jahre tot.

CHRONIST: Hier steht Selbstmord. Ich denke, Sie waren glücklich?

LAURA: Zu glücklich, das hält der Mensch nicht aus.

CHRONIST: Verstehe.

LAURA: Tatsächlich?

CHRONIST: Ihr Sohn hat ...

LAURA *(heftig):* Sagen Sie nicht ‚mein' Sohn. Es ist nicht ‚mein' Sohn. Es ist das vorläufig letzte Glied in einer langen Kette ... da kann sich einiges herausmendeln ... *(einlenkend)* Hören Sie, Chronist, wenn Sie erst eine Weile dort sind, wo ich mich jetzt aufhalte, da verges-

sen Sie, was ein Possessivpronomen ist ... mein Sohn ... mein Besitz ... wir besitzen nicht, wir verwalten bestenfalls ... Adieu, Chronist ... Eines noch ... Ich war zeit meines Lebens neugierig ... wenn Sie einmal Zeit haben, besuchen Sie mich. Drittes Tor, 23. Gruppe, Grab I., und erzählen Sie, was der Konrad zu unserer Familienchronik sagte ... Viel Staat ist ja mit uns nicht zu machen ... Also, auf bald, Chronist.
(Heftiger Wind. Schritte).

CHRONIST: Verdammt, ich hätt ihr's nicht versprechen sollen. Drittes Tor ... 23. Gruppe ... Ach ja ... hier. Laura Schwarz. Laura hören Sie mich?
(Der Wind verstärkt sich).

LAURA: Was hat er gesagt?

CHRONIST: Er war recht zufrieden mit meiner Arbeit. Sonderhonorar hat er freilich nicht bezahlt ... Er läßt übrigens jetzt eine Ahnengalerie malen ... in Öl, und das Familienwappen ist sehr imponierend ausgefallen.
(Der Wind beruhigt sich).

CHRONIST: Bleiben Sie, Laura. Ich mach es kurz. Er sagte zu seiner Braut, daß bei aller Bescheidenheit zu sagen wäre, daß die Intelligenz der Familie vom Urgroßvater väterlicherseits herrühre, der nicht nur der Sproß eines bedeutenden Mannes — leider zur Linken — nein — darüber hinaus ein genialer Erfinder gewesen sei. Lediglich der Umstand, daß er sich zu früh gebunden habe und die daraus resultierende häusliche Misere seien schuld, daß man ihn nicht in einem Atemzug mit Edison nennen könne. Der Urgroßvater mütterlicherseits sei ein Muster an Fleiß und Beharrlichkeit gewesen. Ihm sei es gelungen, aus bescheidensten Anfängen ein nicht unerhebliches Vermögen zu erwerben. Durch die

Kriegswirren allerdings sei alles wieder verloren ... Er, Konrad, hätte ganz von vorn anfangen müssen, mit einigen Quadratmetern saurer Wiese ... aber Gottlob, das sei ebenfalls in aller Bescheidenheit gesagt, habe er die Tüchtigkeit des Adalbert Sauer geerbt. Sein Großvater, leider ebenfalls ein Opfer des unsinnigen Blutvergießens, sei im 2. Weltkrieg gefallen. Ein schöner, tüchtiger und charmanter Mensch. Ob er auch von diesem etwas geerbt hätte, überließe er ihr, seiner Braut, zu bestimmen ... Sein Vater, von dem die Mutter sich allerdings getrennt habe, betätige sich politisch.
Von den Frauen der Familie sei weiters nichts zu sagen, als daß sie allesamt ihren Kindern gute Mütter gewesen seien. Ja, seine Großmutter Thekla hätte sich durch ungewöhnliche Schönheit ausgezeichnet, sie habe sich nach dem frühen Tod ihres Mannes nur mehr den schönen Künsten gewidmet. Seine Mutter ...
(Der Sturm erhebt sich neuerlich. Er übertönt fast ein Lachen).

LAURA: Danke, Chronist ... Es genügt schon ...

Kaminski und der Nachtkönig

Hörspiel von Karin Stenitzer-Gayer

Die Personen:
Kaminski
Frau Kaminski
Krankenschwester
Georg

KARIN STENITZER-GAYER

geboren 1951 in Wien, Kindheit in Breitenbrunn, Studium der Publizistik und Politologie an der Freien Universität Berlin, Mitarbeiterin an „Dritte-Welt"-Initiativen und bei Amnesty International, freie Mitarbeiterin beim ORF.

Hörspiele:
Der Clown — Regie Claudia Luchesi
Das Land der gelben Wagen — Regie Claudia Luchesi
Eiszeit — Regie Claudia Luchesi
Kaminski und der Nachtkönig — Regie Susanne Jäger

1983 — PANNONIA — Literaturpreis für Prosa

Veröffentlichungen in Zeitschriften und Anthologien

(Krankenzimmer, verhaltene Geräusche)

KAMINSKI *(leise):* Wieder rollt das Feuerrad über den Himmel und färbt ihn blutrot ein. Wenn es endlich zischend ins Meer stürzt, beginnt die Herrschaft des Nachtkönigs. In einen schweren, graublauen Umhang gehüllt, sitzt er mit verschränkten Beinen in einer Astgabel des Kastanienbaumes und weint. Jede Träne, die über seine bleichen Wangen läuft, verwandelt sich augenblicklich in einen blinkenden Stern.
Bis zum Anbruch der Morgendämmerung weint der Nachtkönig, und im dunklen Himmel blitzen dauernd neue Sterne auf.
Sobald aber das Feuerrad am Ende der Welt wieder aus dem Meer taucht und seine sengenden Strahlen aussendet, verkriecht sich der Nachtkönig in ein Baumloch und seine Tränen versiegen. Die Sterne zerfallen in nichts, und der Feuerkönig reißt triumphierend die Macht an sich ...

KRANKENSCHWESTER: Ihre Medikamente, Herr Kaminski! Haben Sie Ihre Frau schon angerufen?

KAMINSKI: Ja, um fünf Uhr hab ich's versucht, aber sie hat nicht abgehoben.

KRANKENSCHWESTER: Na, dann probieren Sie's morgen wieder. Wahrscheinlich war sie gerade einkaufen.

KAMINSKI: Ja, wahrscheinlich haben Sie recht, Schwester. Wahrscheinlich war sie gerade einkaufen.

KRANKENSCHWESTER: Schlafen Sie gut, Herr Kaminski! Aber vorher die Tabletten schön einnehmen!

KAMINSKI: Schwester, darf ich Sie noch etwas fragen?

KRANKENSCHWESTER: Ja?

KAMINSKI: Welcher Tag ist heute?

KRANKENSCHWESTER: Donnerstag.

KAMINSKI: Und weiter?

KRANKENSCHWESTER: Was heißt weiter?

KAMINSKI: Welches Datum haben wir heute?

KRANKENSCHWESTER: Den siebenten März.

KAMINSKI: Ist heute Vollmond, Schwester?

KRANKENSCHWESTER: Das weiß ich nicht.

KAMINSKI: Würden Sie vielleicht so nett sein und in Ihrem Kalender nachschaun.

KRANKENSCHWESTER: Später, Herr Kaminski. Ich muß noch in die andren Zimmer rüber und die Medikamente austeilen.

KAMINSKI: Schon gut, Schwester. Ich kann warten. *(leise)* Sie kommt bestimmt nicht zurück. Aber in ein paar Stunden werde ich wissen, ob Vollmond ist. Wenn die anderen schlafen, werde ich mich im Aufenthaltsraum ans Fenster setzen und den Himmel beobachten. Denn wenn ich mit dem Nachtkönig Kontakt aufnehme, muß ich ganz allein sein. Die Anwesenheit eines anderen würde mich sehr stören und irritieren.
Als Kind bin ich oft die ganze Nacht am Fenster gesessen und habe die Kunstwerke des Nachtkönigs bewundert. Den Mond, die Sterne, den Wind, den Regen, die Blitze, die undurchdringliche Dunkelheit. Aber damals wurde ich häufig gestört, weil der Vater fast jede Nacht betrunken heimkam, seine Stiefel gegen meine Zimmertür schmiß und die Mutter verprügelte. Sie schrie und weinte dann laut. Ich haßte diese Störungen, diese gefühllosen Unterbrechungen ... Unterbrechung ist gleich Interruption ... coitus interruptus ... stimmt ... Ausbruch ist gleich Eruption ... Sonneneruptionen ...

stimmt … und Korruption? … wie übersetze ich Korruption am besten? …
(schreit) Schwester! Was bedeutet das Wort Korruption?

KRANKENSCHWESTER *(aus der Ferne):* Ich weiß nicht so genau, Herr Kaminski! Vielleicht Schweinerei!

KAMINSKI *(leise):* Schweinerei? Das ist gut. Diese Frau scheint vieles zu begreifen, obwohl ihr Gesicht recht langweilig ist. Aber was besagt das schon? Elvira hat auch ein eher ausdrucksloses Gesicht und ist trotzdem das tollste Weib, das ich kenne. Es kommt mir immer so vor, als ob sie ihre gesamte Ausdruckskraft in den unteren Teil des Körpers verlagert hat. Ihr Bauch und ihre Beine können mehr aussagen als so manches fade Durchschnittsgesicht. Wenn sie mit mir durch die nächtlichen Straßen ging, damals, als ich noch draußen war, da spielten ihre Füße, an denen sie immer hohe Stöckelschuhe trug, eine wahre Symphonie auf den Pflastersteinen. An den Bewegungen ihrer Beine konnte ich ihren seelischen Zustand ablesen. Einmal war es ein Trauermarsch, dann wieder ein Walzer und das nächste Mal ein beschwingter Foxtrott …
(schreit) Schwester, können Sie Foxtrott tanzen?

KRANKENSCHWESTER *(aus der Ferne):* Nein, Herr Kaminski.

KAMINSKI: Dann kommen Sie her, Schwester! Ich werde ihn Ihnen beibringen. Es ist nicht schwer.

KRANKENSCHWESTER: Aber Herr Kaminski! Das geht doch nicht! Wir können doch nicht hier durch die Gegend tanzen.

KAMINSKI: Warum nicht? Was ist denn schon dabei? Wenigstens haben die andern auch einmal eine kleine Abwechslung!

KRANKENSCHWESTER *(aus der Ferne):* So, Herr Kaminski, jetzt sind Sie aber schön still und versuchen zu schlafen!

KAMINSKI: Sie wissen ganz genau, daß ich nicht einschlafen kann, solange der Feuerkönig regiert!

KRANKENSCHWESTER: Dann verhalten Sie sich wenigstens ruhig, damit Ihre Zimmerkollegen nicht gestört werden!

KAMINSKI *(leise):* Zimmer k o l l e g e n. Was für ein beschönigender Ausdruck! Als ob ich sie mir ausgesucht und freiwillig diesen Platz eingenommen hätte. Ich kann auch nicht die geringste Ähnlichkeit zwischen uns K o l l e g e n feststellen. Ganz im Gegenteil, oft genug habe ich den unbestimmten Verdacht, daß gerade in dieses Zimmer jene Patienten zusammengelegt wurden, deren Charakter und Verhalten sich auf extreme Weise unterscheiden. Wir sind hier acht Männer, und in uns sind acht Welten. Acht total verschiedene Welten.

Der dort hinten neben der Wand zum Beispiel, der uns einreden will, ein Urenkel von Buddha zu sein, sitzt jeden Morgen stundenlang mit gekreuzten Beinen auf dem Bett und summt geisttötend vor sich hin. Anscheinend kommt er aus einer reichen, vornehmen Familie. Wenn ihn sein Vater, der Herr Kommerzialrat mit dem grauen Backenbart und der goldumrandeten Nickelbrille, besuchen kommt, dann sagt der Urenkel von Buddha kein einziges Wort und dreht sein Gesicht zur Mauer. Und dann sitzt der alte Mann verlegen und hilflos auf dem Holzsessel und dreht sein Taschentuch zwischen den vornehmen, langen Fingern. Mir tut er ja leid, aber vielleicht hat sein Sohn einen schwerwiegenden Grund, daß er nicht mit ihm sprechen will ...

Neben dem Urenkel von Buddha liegt der Willi. Ein grober, unangenehmer Mensch. Hat nicht die geringsten Manieren und rülpst und furzt, so oft ihm danach ist. Man merkt sofort, daß er ein Säufer ist. Wie ein blauroter Ballon steckt die Nase in seinem schwammigen Gesicht. Und seine dicken, behaarten Finger erinnern mich jedes Mal an fette Bratwürste. Als er hierher gebracht wurde — an jenem Tag lag ein dichter Nebel über dem Park, und ich genoß gerade die Ohnmacht des Feuerkönigs — da schrie er wie ein wildes Tier und hätte uns alle am liebsten niedergeschlagen. Aber da schleppten ihn zwei Pfleger auf das Bett, und der Herr Oberarzt verpaßte ihm eine Spritze. Langsam wurde er ruhiger und fiel schließlich in einen tiefen Schlaf.

Jetzt ist er ja ganz friedlich, der Willi, und schleicht die meiste Zeit mit gesenktem Kopf durch die Gänge.

Aber trotz allem kann ich ihn nicht leiden. Seine unangenehme Ausstrahlung macht mich irgendwie nervös ...

Der Nachbar vom Willi ist der alte Haslauer. Völlig vertrottelt. Macht ins Bett. Verschmiert seinen Kot am Hals oder am Bettzeug. Aus seinem zahnlosen Mund rinnt ständig der Speichel, und wenn er barfuß in den Aufenthaltsraum geschlurft kommt, ergreifen alle die Flucht. Dann setzt er sich auf die Bank, die neben dem Fenster steht, und sein stumpfer Blick wandert durch den Raum, so als ob er einen bestimmten Gegenstand suchen würde. Schließlich macht er die Augen zu und sitzt oft stundenlang da, ohne sich zu rühren. Ein paarmal schon haben wir geglaubt, daß er tot sei und sind vorsichtig an ihn herangeschlichen, aber er hat uns immer noch bemerkt und mit seinen dünnen Armen weggescheucht.

Seit ich hier bin, hat ihn nie einer besucht. Er wird wohl auch hier drinnen sterben, denke ich.

Im nächsten Bett liegt der lange Karl. 47 Jahre. Seine Ziehmutter ist vor zwei Jahren gestorben, und nach ihrem Begräbnis haben sie ihn gleich hierher gebracht. Man sieht es ihm gleich an, daß er ein wenig verblödet ist. Abstehende Ohren. Keine Zähne im Mund. Außerdem macht er riesengroße Schritte und grinst immer. Ja, das ist wirklich komisch. Sein breites Bauerngesicht ist immer von einem Grinsen überzogen. Selbst wenn ihm der Willi gelegentlich am Sonntag die Nachspeise wegnimmt und „Du Dorftrottel" zu ihm sagt, grinst der lange Karl so, als ob er gerade ein Kompliment gekriegt hätte. Manchesmal kommt ihn eine alte Frau besuchen und bringt ihm in einem Einmachglas Apfelmus mit. Um den Kopf hat sie immer ein schwarzes Tuch gebunden, und mit ihrer langen, gebogenen Nase kommt sie mir wie eine Krähe vor ... ja, tatsächlich wie eine widerliche Krähe ... sie hocken in den kahlen Winterbäumen und ihre scharfen Schnäbel stecken wie Dolche in den schwarzen Köpfen ... das heisere Gekrächze zerschneidet die Herbstnebel ... dunkle Klumpen auf schmutziggelben, abgeernteten Feldern ... der Geruch von brennendem Laub ... Elvira mit dem Vogelkopf ... der spitze Schnabel hackt in eine eitrige Wunde ... der Krähenschwarm kreist über meinem Kopf ... noch schweben sie ruhig in der Luft ... noch ... jetzt setzt der Anführer zum Sturzflug an ... die anderen folgen ihm ...

(schreit) Mein Gehirn! Mein armes Gehirn! Sie wollen meine Schädeldecke aufhacken und mein Hirn fressen! Verschwindet! Laßt mich in Ruhe! Schert euch zum Teufel! Weg da! Ich haße euch! Ich haße euch!

GEORG: Kaminski, sei, bitte, ruhig! Ich kann nicht einschlafen, wenn du so einen Krach machst.

KAMINSKI *(laut):* Sie kommen! Die Krähen! Haut ab! Weg da! Gschscht! Gschscht!

GEORG: Hier sind doch keine Krähen, Kaminski. Beruhige dich und leg dich wieder hin!

KAMINSKI *(anfangs laut, dann immer leiser werdend):* Ihr Anführer hat eine schwarze Kutte an ... die Schnäbel sind vergiftete Dolche ... sie wollen mein Gehirn ... sie wollen mich in eine Krähe verwandeln ... sie sind die Gefolgsleute des Feuerkönigs ... des todbringenden Feuerkönigs ... sein brennender Mantel wird die Erde einäschern ... nur der Nachtkönig kann uns noch retten ... nur er ... nur ich ... nur er allein ...

GEORG: Na endlich. Schlaf jetzt, Kaminski. Ist doch alles in Ordnung.

KAMINSKI *(leise):* Ist doch alles in Ordnung, hat der Georg gesagt.

Ich versteh die Welt nicht mehr. Da sagt ausgerechnet einer „Ist doch alles in Ordnung", der fast jeden Tag in seinem Bett weint und ansonsten ein todunglückliches Gesicht macht. Seit fünf Wochen liege ich jetzt neben ihm. Als sie ihn damals ins Zimmer brachten, waren seine Handgelenke verbunden, und er ging wie einer, den man zum Galgen führt. Seine Schultern hingen herunter und die Füße hat er kaum vom Boden gehoben. Seine Holzpantoffel quietschten auf dem Gummibelag. Es war ein unangenehmes Geräusch, und ich mußte meine Ohren zuhalten. Die ersten Tage redete er kein einziges Wort. Nicht einmal mit dem Herrn Oberarzt. Nur manchmal nickte er mit dem Kopf, aber die meiste Zeit lag er völlig reglos in seinem Bett und starrte auf die Zimmerdecke. Erst nach einer Woche wurde er etwas lebendiger und ging sogar ein paarmal in den Aufenthaltsraum, wo er immer am Fenster stand und durch das Gitter hindurch in den Park hinunterschaute. Tja, diese vergitterten Fenster. Lange konnte ich mich nicht an sie gewöhnen. Jedes Mal, wenn sie mein Blick zufällig traf, denn im allgemeinen mied ich ihren Anblick sorgfältig, dann fühlte ich mich plötzlich schuldig. Wofür, das kann ich nicht sagen. Es war nur eben ein sehr unangenehmes Gefühl. Wie damals, als ich zum ersten Mal in der Kirche vor einem riesengroßen Ölbild stand, auf dem der Herr Jesus sein blutendes Herz herzeigte. Ich bin nicht mehr oft in die Kirche gegangen, weil mich diese anklagenden Bilder und verrenkten Märtyrer-Statuen sehr aufregten. Und genau dieselben Empfindungen überkamen mich hier anfangs, wenn ich diese Gitter vor den Fenstern sah. Einmal kam ich mir wie ein Vogel im Käfig vor, das andere Mal wie ein Verbrecher im Gefängnis und wieder ein anderes Mal wie ein gefährliches Raubtier im Zoo. Diese Gitter machten mir Angst, und ich haßte sie dafür. Heute bin ich längst an sie gewöhnt. Aber gelegentlich kommt es doch noch vor, daß mich ihre Schatten in der Nacht erschrecken ...

Ist doch alles in Ordnung, hat der Georg gesagt. Ich glaube, er ist schon eingeschlafen. Er braucht den Schlaf ja wirklich. Bevor er zu uns gekommen ist, hat er zwei Monate fast nichts geschlafen. Das hat er mir vor ein paar Tagen erzählt, nachdem ich ihm eine Zigarette spendiert habe. Und als ich ihn nach dem Grund fragte, da hat er gesagt „Meine Seele läßt mich nicht nur Ruhe kommen". Ja, ich erinnere mich ganz genau. Er hat wortwörtlich gesagt „Meine Seele läßt mich nicht zur Ruhe kommen", und dabei hat er wieder aus dem Fenster in den Park hinuntergeschaut.
Ehrlich gestanden, kann ich mit diesem Satz nichts an-

fangen, aber ich finde ihn sehr schön. Irgendwie poetisch. Und ... er paßt haarscharf zu Georg ...
meine Seele läßt mich nicht zur Ruhe kommen ... hm? ... was er wohl damit gemeint hat? *(lange Pause)* Draußen ist es jetzt schon ganz dunkel. Aber ich muß abwarten, bis alle eingeschlafen sind. Ausnahmslos a l l e. Auch die Nachtschwester. Wenn ich sehe, daß unter ihrer Zimmertür kein Lichtschein mehr hervorkommt, dann weiß ich, daß auch sie schläft. Und dann erst kann ich ungestört in den Aufenthaltsraum gehen, mich dort ans Fenster setzen und mit dem Nachtkönig Kontakt aufnehmen. Meistens wartet er schon darauf, und sobald ich hinter den Gittern auftauche, gibt er mir Zeichen. Ich spüre aber seine Anwesenheit sofort und würde ihn auch ohne diese Signale finden ...
Hoffentlich sind bald alle eingeschlafen, denn ich habe bereits große Sehnsucht nach i h m ... auf den Herbert muß ich besonders aufpassen, denn der verstellt sich gern und tut oft nur so, als ob er schläft. Dabei ist er hellwach und freut sich diebisch, wenn er einen erschrecken kann. Es ist schon vorgekommen, daß er mir in den Aufenthaltsraum nachgeschlichen ist und mich plötzlich von hinten angebellt hat. Ja, richtig gebellt hat er. Wie ein bösartiger Hund. Ich kann ihn nicht besonders leiden und bin manche Tage ganz deprimiert, daß ausgerechnet ich neben ihm liegen muß. Der Georg ist wirklich ein sehr angenehmer Nachbar, weil er so still und freundlich ist. Aber der Herbert! Ein richtiger Spinner! Aber nicht einer von der ruhigen, vertrottelten Sorte, wie es sie in diesem Haus zu Dutzenden gibt. Nein, ganz im Gegenteil. Er ist ein lauter, ungehobelter Mensch, dem es Spaß macht, die anderen zu ärgern und zu tyrannisieren. Und wenn er seine Tobsuchtsanfälle kriegt, dann rennen alle vor ihm davon

oder verstecken sich unter den Betten. Einmal hat er die Türschnalle vom Schwesternzimmer ausgerissen und sie durch die Fensterscheibe hinausgeworfen. Daraufhin hat ihm der Herr Oberarzt sogleich eine Spritze verpaßt, und der Herbert ist wie ein Toter in seinem Bett gelegen. Ein paarmal habe ich mich über ihn gebeugt, um zu horchen, ob er überhaupt noch lebt. Von mir aus hätte er ruhig verrecken können!

Aber schon am nächsten Morgen war er wieder so unausstehlich wie immer und hat dem alten Seifert in den Kaffee gespuckt. Der hat es nicht einmal bemerkt und seine Semmel weiterhin in dieses Gesöff eingetunkt und grinsend hinuntergeschluckt.

Vor einigen Tagen ist er 87 geworden, und eine junge Frau, die ich vorher nie gesehen habe, hat ihm einen Gugelhupf und einen Strauß gelber Nelken gebracht. Da hat der alte Seifert noch mehr gegrinst als sonst und wollte ihren Arm streicheln. Aber die junge Frau, die ihre schmalen Lippen mit einem dunkelroten Stift gefärbt hatte, ist schnell von ihm weggerückt und hat sich in aller Eile verabschiedet. Und zum Nachtmahl gab es dann Frankfurter mit Senf, weil Sonntag war, und da hat der Seifert den Senf auf den Guglhupf geschmiert und beides zusammen gegessen. Mir ist fast schlecht geworden, und ich durfte gar nicht zu ihm hinüberschauen, sonst hätte ich meine Würstel nicht runtergekriegt ...

Ja, ja, hier drinnen kannst du schon allerhand erleben, und manches Mal frage ich mich ernsthaft, ob sich das w i r k l i c h e, ich meine, das wahrhaftige Leben nun eigentlich hier oder draußen, jenseits der hohen Steinmauer, abspielt. Aber vielleicht gibt es das w i r k l i c h e Leben weder da noch dort? Vielleicht ist unser Leben nur eine große Einbildung? Wer weiß das schon? Wenn mich bisweilen die Nachdenklichkeit überkommt, und das geschieht recht häufig, weil ich im Grund ein nachdenklicher Mensch bin, dann zweifle ich oft an der W a h r h a f t i g k e i t meiner Existenz. Und dann glaube ich fest daran, daß ich bald aus einem Traum erwachen werde, der mein bisheriges Leben inszeniert hat. Und daß ich als ein völlig anderer Mensch aufwache. Ich kann mir sogar vorstellen, daß ich als Frau aufwache ... oder als König ... auf alle Fälle bin ich mir sehr oft nicht sicher, ob mein jetziger Zustand nicht nur ein Traum ist. Eine Illusion. Eine Vision. Ein Spiel, das irgendein Unbekannter in Szene setzt? ...

Ich beneide den alten Haslauer ... der schläft, starrt vertrottelt in die Luft, freut sich auf jede Mahlzeit, scheißt sich an, kapiert nichts ... ja, genau das ist es: er kapiert nichts mehr. Und darum beneide ich ihn. Unsereins wird dauernd von Gedanken, Vorstellungen, Befürchtungen und philosophischen Erwägungen verfolgt. Selbst, wenn ich mich bemühe, an n i c h t s zu denken, beginnt es in meinem Kopf zu schwirren, zu surren ... und schon ist wieder ein Gedanke da ...

Das Denken ist die Folge der Vertreibung aus dem Paradies ... sie aßen vom Baum der Erkenntnis ... und sie begannen zu denken ... und sie machten sich die Erde untertan ... und sie erfanden den Krieg ... und sie entwickelten die Atombombe ... und sie sperren uns hier ein ... *(längere Pause)*

der Mensch denkt und Gott lenkt ...

er lenkt auch das Feuerrad, nehme ich an ... Oder?

(längere Pause)

Ich glaube, der Herbert schläft jetzt auch schon.

(steigt aus dem Bett, leise Schritte, Tür wird geöffnet und zugemacht)

Das Licht im Schwesternzimmer ist ausgelöscht. Alles in bester Ordnung. Jetzt muß ich nur aufpassen, daß ich nicht an diese blöde Bank stoße ... so ... ganz vorsichtig ... da steht sie ... blödes Ding ... die hätten sie schon längst wegschaffen können ... sitzt ohnedies nie jemand drauf ... völlig nutzlos ... und ich muß jede Nacht achtgeben, daß ich nicht dagegenrenne und die Nachtschwester aufwecke ... so, das hätten wir geschafft ... jetzt nur noch ganz leise und unauffällig die Tür zum Aufenthaltsraum aufmachen! *(Tür wird geöffnet)* Und wieder zumachen ... *(Tür wird leise geschlossen)*

Gott sei Dank, endlich allein! Am schönsten sind diese Stunden in der Nacht, wenn man seine Ruhe hat und die anderen weder sieht noch hört. Die können einem nämlich ganz schön auf die Nerven gehen mit ihrem sinnlosen Geschwätz und ihren eigenartigen Allüren. Wenn ich am Morgen aufwache und den Urenkel von Buddha mit gekreuzten Beinen auf dem Bett sitzen sehe und sein eintöniges Summen höre, dann reicht es mir meistens schon. Und dann steht der alte Haslauer auch noch neben mir, glotzt mich an, und sein Speichel tropft auf mein Bettzeug. Da ist mir dann gleich der ganze Tag verdorben und ich bleibe einfach im Bett liegen und versuche, möglichst viel zu schlafen. Im übrigen bin ich ohnedies ein Nachtmensch und lebe erst so richtig auf, wenn es draußen dunkel wird ...

schlaflose Nacht, du allein bist die Zeit der ungestörten Einsamkeit ... Lenau ... sehr treffend und noch dazu wunderbar poetisch ... so, und jetzt stecken wir uns eine gute Zigarette an *(zündet Zigarette an)* und jetzt machen wir das Fenster auf *(öffnet Fenster)* ... eine herrliche Luft ist das ... die Nacht riecht tatsächlich viel besser als der Tag ... außerdem ist alles so friedlich, so still ... *(längere Pause)* finster ist es heute ... auffallend finster ... ich kann den Mond nicht sehen ... ich sehe keinen einzigen Stern ... wo ist der Nachtkönig? ... Wo ist er? ... Ich kann die Astgabel, in der er gewöhnlich sitzt, nicht ausnehmen ... es ist einfach zu dunkel ... doch jetzt bewegen sich die Blätter des Kastanienbaumes ... ich erkenne es deutlich ... sie rascheln laut ... und jetzt fliegt etwas zwischen ihnen heraus ... das ist aber nicht e r ! ... Nein, jetzt fliegt noch etwas auf ... und noch etwas ... *(schreit)* Die Krähen! Sie haben ihn ermordet! Sie haben ihn im Auftrag des Feuerkönigs umgebracht! Und jetzt fliegen sie auf mich zu! Weg da! Schert euch zum Teufel! Haut ab! Ihr kriegt mein Hirn nicht! Ich werde euch alle ertränken! Alle! Verschwindet! Laßt mich in Ruhe! Gschscht! Gschscht! *(Tür wird aufgerissen)*

KRANKENSCHWESTER: Herr Kaminski, was machen Sie denn da? Sie wecken ja alle auf!

KAMINSKI: Die Krähen! Sie haben i h n ermordet! Und jetzt wollen sie auch mich noch umbringen! Weg da! Haut ab!

KRANKENSCHWESTER: Aber Herr Kaminski, ich sehe keine einzige Krähe. Jetzt kommen Sie schön mit mir auf Ihr Zimmer und ich werde Ihnen eine kleine Tablette geben, damit Sie einschlafen können.

KAMINSKI: Er ist tot, Schwester. Sie haben ihn umgebracht.

KRANKENSCHWESTER: Wer ist tot?

KAMINSKI: Na e r, der Nachtkönig.

KRANKENSCHWESTER: Schon gut, Herr Kaminski. Es wird alles wieder seine Ordnung kriegen. Kommen Sie jetzt! Ich bringe Sie auf Ihr Zimmer.

FRAU KAMINSKI: Wie geht es dir?

KAMINSKI: Es geht.

FRAU KAMINSKI: Schau, ich hab dir ein Marillenkompott mitgebracht. Erst gestern hab ich sie in unsrem Garten gepflückt und sofort abgekocht. Willst du sie gleich kosten? Wart, ich hol schnell einen Löffel aus dem Zimmer.

KAMINSKI: Warum bist du so lange nicht dagewesen?

FRAU KAMINSKI: Aber Josef! Jetzt übertreibst du wieder!

KAMINSKI: Du hast mich die letzten sechs Wochen kein einziges Mal besucht.

FRAU KAMINSKI: Ich hab einfach keine Zeit gehabt. Diese blöde Anstalt ist ja auch wirklich ziemlich abgelegen. Zuerst muß ich mit der Straßenbahn zum Rathaus, dort in die U-Bahn und zu guter Letzt muß ich noch in den Bus umsteigen.

KAMINSKI: Ich weiß, Elvira. Ich kenne den Weg. Wir haben ihn doch damals gemeinsam gemacht, oder? Damals, als du mich hierher gebracht hast.

FRAU KAMINSKI: Das hört sich ja nach einem Vorwurf an, Josef.

KAMINSKI: Soll ich mich vielleicht bei dir bedanken?

FRAU KAMINSKI: Nein, das verlangt ja keiner. Aber du solltest endlich einsehen, daß es für dich das Beste war.

KAMINSKI: Oder für dich, Elvira.

FRAU KAMINSKI: Du bist ungerecht, Josef. Womit hab ich mir das denn verdient?

KAMINSKI: Wo bist du gestern um fünf Uhr nachmittag gewesen?

FRAU KAMINSKI: Wieso willst du das wissen?

KAMINSKI: Beantworte, bitte, meine Frage nicht mit einer Gegenfrage! Also, wo warst du gestern um fünf Uhr?

FRAU KAMINSKI: Um fünf? Da war ich noch im Garten draußen. Ja, bis halb sechs hab ich Marillen gepflückt.

KAMINSKI: Warst du allein im Garten?

FRAU KAMINSKI: Aber sicher. Wer um alles in der Welt sollte denn sonst noch dagewesen sein? Du bist heute wirklich sehr komisch, Josef. Fühlst du dich nicht wohl?

KAMINSKI: Ein Mann zum Beispiel.

FRAU KAMINSKI: Mach dich doch nicht lächerlich, Josef!

KAMINSKI: Könnte es nicht möglich sein, daß dich im Garten ein Mann besucht hat? Denk einmal ganz scharf nach!

FRAU KAMINSKI: Aber Josef! Ich muß schon sagen, auf eigenartige Gedanken kommst du!

KAMINSKI *(leise):* Sie trägt den runden Korb mit den Marillen in die kleine Holzhütte ... setzt sich auf das Bett und verscheucht mit der Hand eine Fliege ... es ist schwül und sie knöpft die karierte Bluse auf ... laut lachend kommt er herein ... braungebrannt ... athletisch ... setzt sich neben sie ... drückt sie an sich ... fährt mit seiner großen Hand in ihre Bluse ... sie kichert ... lehnt ihr verschwitztes Gesicht an seine Schulter ... macht die Augen zu ... langsam zieht er ihr die Bluse aus ... öffnet den spitzenbesetzten Büstenhalter ...

FRAU KAMINSKI: Was ist denn los mit dir? Warum starrst du mich auf einmal so an?

KAMINSKI: Pack das Marillenkompott wieder ein! Die Besuchszeit ist gleich zu Ende.

FRAU KAMINSKI: Na und? Deswegen kann ich es doch trotzdem dalassen, oder?

KAMINSKI *(erregt):* Nimm es mit nach Hause, hab ich gesagt! Ich mag keine Marillen!

FRAU KAMINSKI: Seit wann denn? Du hast sie doch immer so gern gegessen.

KAMINSKI: Ich muß auf das Zimmer zurück, sonst wird die Schwester böse.

FRAU KAMINSKI: Schon gut, ich geh ja schon. Wenn du irgendetwas brauchst, dann ruf mich an.

KAMINSKI: Falls du daheim bist, Elvira ... und nicht wieder diese verdammten Marillen pflückst.

*

(Krankenzimmer, verhaltene Geräusche)

KAMINSKI *(leise):* Wie er dasitzt, der Herr Kommerzialrat. Wie ein Häufchen Elend. Jetzt nimmt er die Brille ab, hält sie gegen das Licht und putzt sie mit seiner dunkelroten Strickkrawatte. Dem Sohn hat er eine Illustrierte mitgebracht, hab ich gesehen.
Aber der Urenkel von Buddha hat sie nicht einmal angeschaut, und jetzt liegt sie auf seinem Nachtkästchen. Wenn ich Lust habe, werde ich sie mir holen. Ganz niedergeschlagen und traurig sieht er aus, der Herr Kommerzialrat. Und sein Sohn hat ihm, wie immer, gleich den Rücken zugedreht und liegt wie ein Stück Holz unter der Decke. Ich frage mich, warum der alte Herr trotzdem jede Woche herkommt und bis zum Ende der Besuchszeit dableibt. Ich hätte dem Urenkel von Buddha längst etwas gepfiffen!
Aber vielleicht hat der Herr Kommerzialrat ein schlechtes Gewissen. Wer weiß? Auf alle Fälle tut er

mir leid, wenn er so unglückselig dasitzt und hilflos in die Gegend schaut ...
der Georg hat heute einen ganz tollen Besuch gekriegt. Eine junge Frau, wie man sie nur ganz selten zu Gesicht bekommt. Groß, schlank, lange, blonde Haare, wie ein Mannequin. Sie hat sich auch gleich auf ihn gestürzt und ihre schlanken Arme um ihn geschlungen, so als ob sie ihn zerquetschen wollte. Und dann hat sie ihn geküßt. Lange und immer wieder, und ihre Hände streichelten dabei andauernd seinen Rücken. Ich konnte gar nicht länger hinschauen. Vorhin sind sie aus dem Zimmer gegangen. Hand in Hand, und der Georg hat ganz selig gelächelt. Ich darf mir garnicht vorstellen, was sie jetzt treiben ... vielleicht sind sie in den Park gegangen ... hinter die Glashäuser ... oder vielleicht machen sie es hinter dem kleinen Pavillon ... Elvira ist nicht gekommen ... wahrscheinlich muß sie wieder Marillen pflücken, die verdammte Hure ... anrufen werde ich aber auch nicht ... ich habe keine Lust, mich noch mehr zu ärgern ...
warum der lange Kerl ständig so blöd grinsen muß? ... Das geht mir wirklich auf die Nerven. Und noch dazu die alte Krähe, die auf seinem Bett sitzt und ihn mit Apfelmus füttert. Kann sie denn dieses verflixte Kopftuch nicht wenigstens einmal herunternehmen? Wie sie das Mus in ihn hineinstopft! Widerlich ist das! Und der Kerl grinst dazu wie ein frisch lackiertes Hutschpferd und tätschelt zwischendurch ihre runzligen Arme.
Und der alte Haslauer hat sich auch im Bett aufgesetzt und schaut ihnen zu. Und aus seinem Mund rinnt noch mehr Speichel als sonst. Am besten wird es sein, wenn ich die Augen zumache ... Warum ist sie mich wieder nicht besuchen gekommen? Vielleicht treibt sie es gerade mit einem Mann. Draußen im Garten, in der Holz-

hütte, und zwischendurch steckt sie ihm aufgeschnittene Marillenstücke in den gierigen Mund ...

*

KAMINSKI *(leise):* Der alte Seifert ist tot. Irgendwann in der letzten Nacht muß er gestorben sein. Ganz still und leise hat er sich aus dem Leben geschlichen. Ich hab nicht den geringsten Laut gehört, obwohl ich die ganze Nacht wach gewesen bin. Vielleicht ist es passiert, als ich im Aufenthaltsraum war. Also zwischen halb elf und Mitternacht. Aber eigentlich ist das jetzt nicht mehr so wichtig. Das ändert nichts daran, daß sie ihn heute früh aus dem Zimmer getragen haben. Für immer. Er hat recht glücklich ausgeschaut, und auf seinem blöden Gesicht war ein seltsames Lächeln. Ich habe noch nie einen Toten gesehen gehabt und mir immer vorgestellt, daß die Gesichter von Verstorbenen häßlich und entstellt sind. Aber seit heute weiß ich, daß das nicht stimmt. Das friedliche, lächelnde Gesicht des alten Seifert hat mir das genaue Gegenteil bewiesen. Und es hat mich beeindruckt und in mir drinnen ganz eigenartige Empfindungen wachgerufen. Ich kann sie nur schwer beschreiben, aber es waren so ähnliche Gefühle, wie ich sie bei s e i n e r Anwesenheit verspüre. So ähnliche Schwingungen, so ähnliche Vibrationen ... in letzter Zeit spüre ich sie immer häufiger ... auch während des Tages ... und das kann ich nicht begreifen ... *(lange Pause)* der alte Seifert ist noch gar nicht lange fort gewesen, da hat schon ein Neuer seinen Platz eingenommen. So gegen zwei Uhr nachmittag haben sie ihn hergebracht. Eine alte Frau hat ihn begleitet und beim Abschied auf die Stirn geküßt. Als sie aus dem Zimmer gegangen ist, hat sie geweint. Das habe ich ganz deutlich gesehen. Seitdem liegt der Neue im

Bett und schläft. Eigentlich schaut er ganz normal aus ... er ist noch sehr jung ... ich schätze ihn auf höchstens 23 ... na, hoffentlich benimmt er sich halbwegs anständig ... der Willi und der Herbert machen ohnedies schon Lärm genug ... *(längere Pause)* wo sie den alten Seifert wohl begraben werden? Vielleicht kümmert sich die junge Frau, die ihn zum Geburtstag den Gugelhupf gebracht hat, darum. Wie die damals schnell weggerückt ist, als er sie berühren wollte! Genau so, als ob er den Aussatz hätte. Er war schon ein armes Schwein, der Seifert. Ich glaube, ich versteh jetzt, warum er im Tod auf einmal gelächelt hat. Wenn ich draußen wäre, würde ich zu seiner Beerdigung gehen.

*

FRAU KAMINSKI: Wie geht es dir?

KAMINSKI: Es geht.

FRAU KKAMINSKI: Wer ist denn der Neue in eurem Zimmer?

KAMINSKI *(monoton):* Er heißt Andreas, ist 21 Jahre alt, hat keine Eltern mehr, die Großmutter kümmert sich um ihn, angeblich hat er Drogen genommen, wurde von seiner Firma gekündigt, ist seit zwei Jahren arbeitslos ... reicht das?

FRAU KAMINSKI: Ja, das reicht. Und, ehrlich gestanden, reicht mir dein Benehmen auch schön langsam.

KAMINSKI: Warum kommst du dann überhaupt noch her?

FRAU KAMINSKI: Weil ich es für meine Pflicht halte.

KAMINSKI: Ach so, deine Pflicht. Und das ist auch der einzige Grund für deine seltenen Besuche, oder?

FRAU KAMINSKI: Wenn ich mir's so recht überlege: ja.

KAMINSKI: Dann scher dich zum Teufel und belästige andere mit deinen P f l i c h t besuchen!

FRAU KAMINSKI: Aber Josef, warum regst du dich denn in letzter Zeit über jede Kleinigkeit dermaßen auf?

KAMINSKI: Ich wünsche mir nur, daß auch du für ein paar Tage, nur für ein paar Tage, hier eingesperrt bist. Vielleicht würdest du dich dann auch über jede Kleinigkeit aufregen. Was hältst du davon? Soll ich die Schwester fragen, ob für dich ein Bett frei ist. Nur für einige Tage, wie gesagt.

FRAU KAMINSKI: Aber ich bin doch nicht verrückt. Die würden mich ja garnicht aufnehmen.

KAMINSKI: Und ich bin wohl verrückt? Willst du das damit sagen?

FRAU KAMINSKI: Aber Josef, so war's doch nicht gemeint.

KAMINSKI: Sondern?

FRAU KAMINSKI: Du mußt dich erholen, Josef. Deine Nerven sind etwas angespannt.

KAMINSKI: Das könnte ich aber woanders auch tun. Zum Beispiel in unserem Garten draußen. Aber dort würde ich dich wohl stören, oder?

FRAU KAMINSKI: Wiese stören?

KAMINSKI: Solange ich hier drinnen bin, bist du vor mir sicher, habe ich recht?

FRAU KAMINSKI: Du phantasierst ja, Josef.

KAMINSKI: Solange ich hier eingesperrt bin, kannst du es ungeniert mit den anderen Männern treiben. Oder besser gesagt: Marillen pflücken.

FRAU KAMINSKI: Du bist wirklich verrückt, Josef.

KAMINSKI: Was zu beweisen war.

(Krankenzimmer)

KAMINSKI *(leise):* Jetzt spüre ich es wieder ganz deutlich ... die Schwingungen ... die feinen Vibrationen ... e r muß ganz in der Nähe sein ... draußen rollt das tödliche Feuerrad über den Himmel ... seine Strahlen sind eiskalt ... sie haben keine Kraft ... der Einflußbereich des Feuerkönigs nimmt ständig ab ... dafür wird s e i n e Macht immer größer ... die Wellen, die von i h m ausgehen, werden zusehends stärker ... und immer stärker ... mein Körper schwingt in sie ein ... jetzt sind wir, e r und ich, auf derselben Wellenlänge ... ich spüre i h n in mir drinnen ... mein Körper schützt i h n .. vor dem Feuerrad ... vor den Krähen ...

KRANKENSCHWESTER: Herr Kaminski, warum haben Sie denn nichts gegessen?

KAMINSKI: E r ist da drinnen, Schwester. Da, hier drinnen.

KRANKENSCHWESTER: Wer soll da drinnen sein?

KAMINSKI: Der Nachtkönig. Mich hat er auserwählt. Nur mich allein.

KRANKENSCHWESTER: Aber trotzdem sollten sie ein bißchen essen. Wenigstens die Suppe.

KAMINSKI: Ich hab keinen Hunger.

KRANKENSCHWESTER: Na gut, aber die Tabletten müssen Sie schon einnehmen.

KAMINSKI: Und wenn sie i h m schaden, Schwester?

KRANKENSCHWESTER: Das ist egal. Sie müssen die Tabletten jetzt vor meinen Augen schlucken. Sonst hole ich den Herrn Oberarzt.

KAMINSKI: Auf Ihre Verantwortung, Schwester. *(trinkt Wasser)*

KRANKENSCHWESTER: Sehr brav, Herr Kaminski. Das haben Sie fein gemacht. Und Ihr Essen kann ich wirklich abservieren?

KAMINSKI: Ja, es ist ohnehin schon kalt geworden.
(Schwester räumt Geschirr ab, entfernt sich)
(leise) Jetzt hab ich sie aber ganz schön reingelegt. Anscheinend hat sie wirklich geglaubt, daß ich die Tabletten runterschlucke. Dabei hab ich sie bloß unter der Zunge versteckt ... pfui, sie beginnen sich schon aufzulösen ... ein bitterer Geschmack ist das ... richtig giftig ... *(spuckt aus)*
So, und das werde ich jetzt immer machen. Solange die Schwester da ist, werde ich die Tabletten im Mund behalten ... und sobald sie das Zimmer verlassen hat, werde ich sie in ein Papiertaschentuch spucken und ins Clo werfen. Ich weiß ja wirklich nicht, ob i h m diese Medikamente nicht schaden. Schließlich trage ich eine große Verantwortung.

*

(Krankenzimmer)

GEORG: Herr Kaminski, ich möchte mich bei Ihnen verabschieden.

KAMINSKI: Sie gehen schon nach Hause?

GEORG: Ja, ich werde gleich abgeholt.

KAMINSKI: Ist es die große Blonde?

GEORG: Ja, Herr Kaminski. Ich bin mit ihr verlobt.

KAMINSKI: Sie haben großes Glück, Georg.

GEORG: Glück? Was ist das schon?

KAMINSKI: Wenn man zum Beispiel einen Menschen hat, der einen liebt und hier herausholt.

GEORG: Aber der dir auch nicht helfen kann, wenn es dir ganz dreckig geht.

KAMINSKI: Da verlangen Sie zuviel, Georg. Letzten Endes muß sich jeder selbst helfen.

GEORG: Wahrscheinlich haben Sie recht. *(längere Pause)* Wie lange werden Sie noch hier sein?

KAMINSKI: Keine Ahnung. Das hängt nicht von mir ab. Ich bin nur ein Spielball in ihren Händen.

GEORG: Wovon reden Sie denn, Herr Kaminski?

KAMINSKI: Na, von wem schon. Von den Ärzten, den Schwestern, den Behörden und von meiner Frau. Wahrscheinlich haben Sie es in der Zwischenzeit auch schon erfahren, daß sie mich hat entmündigen lassen ... diese verdammte Hure ... dieses schamlose Flittchen ... damit sie es ungestört mit den Männern treiben kann ... seit drei Monaten hat sie mich nicht mehr besucht, Georg ... drei lange, schreckliche Monate hat mich nie jemand besucht ... wissen Sie, wie einem da zumute ist? ... Elendig ... ganz hundeelendig ...

GEORG: Ich werde Sie besuchen kommen, Herr Kaminski. Ganz bestimmt. Jetzt muß ich aber gehen und diese Formalitäten noch erledigen. Ich will meine Verlobte nämlich nicht warten lassen. Also, Herr Kaminski, alles Gute und auf Wiedersehn!

KAMINSKI: Viel Glück draußen, Georg!
(leise) Alles Gute und auf Wiedersehen, hat er gesagt, der Georg. Bestimmt wird er mich nie besuchen kommen.

KRANKENSCHWESTER: Wo gehn Sie denn hin, Herr Kaminski?

KAMINSKI: In den Park hinunter.

KRANKENSCHWESTER: Das dürfen Sie jetzt nicht mehr. Es ist gleich dunkel.

KAMINSKI: Und eben deshalb muß ich sofort in den Park.

KRANKENSCHWESTER: Sie müssen garnichts. Ziehn Sie den Schlafrock aus und legen Sie sich ins Bett. Ich komm gleich mit den Medikamenten.

KAMINSKI: Aber e r wartet doch auf mich.

KRANKENSCHWESTER: Wer wartet denn auf Sie?

KAMINSKI: Der Nachtkönig. Ich spüre es ganz deutlich, daß er mich ruft. Ich höre seine Stimme da drinnen. Schaun Sie nur her, Schwester. Da in mir drinnen schreit er um Hilfe.

KRANKENSCHWESTER: Schon gut, Herr Kaminski. Er wird bald zu schreien aufhören, und Sie gehn jetzt schön brav ins Bett.

KAMINSKI: Aber er braucht mich doch, Schwester. Hören Sie denn nicht auch seine Hilferufe!

KRANKENSCHWESTER: Ich hör überhaupt nichts. Nicht den geringsten Laut.

KAMINSKI: Dann haben Sie kein Gefühl, Schwester.

KRANKENSCHWESTER: Schon möglich. So und jetzt legen Sie sich augenblicklich in Ihr Bett!

KAMINSKI: Nein, das kann ich nicht! Ich muß zu i h m .

KRANKENSCHWESTER: Wenn Sie nicht sofort in Ihr Bett kommen, hol ich den Herrn Oberarzt. Und Sie wissen, was das bedeutet.

KAMINSKI: Der Nachtkönig wird Sie für Ihr Verhalten bestrafen, Schwester.

KRANKENSCHWESTER: Jetzt hören Sie doch endlich einmal mit Ihrem saublöden Nachtkönig auf! Den gibt es doch garnicht, Kaminski!

*

KAMINSKI *(leise):* Das Feuerrad versinkt ins Meer ... zischend taucht es am Ende der Welt in den blaugrünen Ozean ein und geht langsam unter ... ohnmächtig liegt es am Meeresgrund ... seine sengenden, tödlichen Strahlen sind verlöscht ... seine Macht ist endgültig gebrochen ... die Krähen folgen ihm in den Tod ... sie ertrinken lautlos ... bald schon treiben ihre aufgequollenen Leiber auf der Wasseroberfläche ... leise schaukeln die Kadaver auf den Wellen ... allmählich wird es dunkel auf der Erde ... die ewige Nacht bricht an ... jetzt ist m e i n e Zeit gekommen ... endlich ... jetzt werde ich für immer regieren ... und alle meine Feinde mit Blindheit schlagen ... das werde ich veranlassen ... ich ... der Nachtkönig ...

Die Pensionierung

Hörspiel von Lisa Stromszky

Personen:

Barbara Hofmann	Direktorin eines Gymnasiums, jetzt in Pension
Frau Martin	ihre langjährige Hilfe im Haushalt
Isabelle N.	eine gute Bekannte von Barbara
Direktor Grüntal	Barbaras Nachfolger in der Schule
Dr. Eisler	Barbaras Hausarzt
1. Kurgast	
2. Kurgast	
Herta, dessen Frau	in Wörishofen
Chefarzt einer orthopädischen Krankenhausabteilung	
Professor Gürtler	Chefarzt einer Anstalt für Suchtkranke
Dr. Weber	dort Stationsarzt
Schwester Gerta, Schwester Inge, Schwester Liesl	Pflegerinnen in der Anstalt für Suchtkranke
Neffe Barbaras	

LISA STROMSZKY

geboren in Deutsch-Jahrndorf, lebt als freie Schriftstellerin, bzw. freie Mitarbeiterin beim ORF in Deutschland, Saarland

H ö r s p i e l :

Die Pensionierung

B ü c h e r :

Nimm deinen Rest Mensch in die brennenden Hände — Lyrik
Bregenz hin und zurück — Reisegeschichten
Rückantworten — fiktive Briefe
Kreise — Novellen
Weißt du nicht, daß ich dein Schatten bin — Lyrik
Zwischenräume — Erzählungen
Begegnungen — Prosa
Der Luftballon — Erzählungen
Dammbrüche — Lyrik
Rückzug aus Fiume — Roman
Heut schmink ich mich wie ein Schmetterling — Lyrik

H e r a u s g e b e r i n von:

Du bist mein Leben — Anthologie des FDA
Landsuche — eine Albenreihe
Gib meinen Bildern eine Sprache
Gäste in meinem Garten

Veröffentlichungen in Zeitschriften und Anthologien

1977 — Lyrikpreis der „Literarischen Union"

1985 — Kulturpreis für Literatur des Landes Burgenland

I

Applaus, Händeklatschen.

DIREKTOR GRÜNTAL: ... Außerdem danke ich meiner verehrten Vorgängerin, der von uns allen — Lehrern wie Schülerinnen — hochgeschätzten Frau Dr. Hofmann für die hervorragende Ordnung, in der sie seit 15 Jahren dieser Schule vorgestanden ist. Sie hinterläßt ein wohlbestelltes Haus. Es ist für mich eine ehrenvolle Verpflichtung, die Schule auf die gleiche vorbildliche Weise weiterzuführen und dem Kollegium ebenso tolerant wie umsichtig vorzustehen. — Ihnen, verehrte Frau Dr. Hofmann, wünsche ich viele gesunde, jaäh, noch viele fruchtbare, mit angenehmer Arbeit erfüllte Jahre. Sicher werden Sie — aus Ihrem reichen Wissen schöpfend — manches interessante schriftstellerische Werk schaffen. So ist dieser Tag sowohl für Sie, wie für alle hier Versammelten ein Tag des Abschieds und des Neubeginns. Uns allen wünsche ich viel Gutes, Freude an der Arbeit und Erfolg.

Neuerlicher Applaus. Schritte zum Podium.

BARBARA HOFMANN: Ich danke für die vielen lobenden, anerkennenden Worte, die mich teilweise sehr erfreut, teilweise tief berührt und mich teilweise in Verlegenheit gebracht haben. Sicher werden Sie alle Verständnis dafür aufbringen, daß ich dieser ... nun ja, dieser Abschiedsszenerie, dieser ... Vorstellung nun ein rasches Ende bereiten möchte, indem ich den ... den wunderschönen Blumenstrauß von den Schülern nehme und ... und ... nach Hause ... in meine Wohnung gehe. Nochmals Dank für alles und ein endgültiges Ade! A Dieu!

SCHÜLERINNEN: Bleiben Sie doch noch ein bißchen! Bleiben Sie! Dürfen wir Sie in Ihrer Wohnung besuchen? Es wäre schön, noch mit Ihnen zu plaudern! Laufen Sie nicht weg!

DIREKTOR GRÜNTAL: Wir sollten Frau Hofmann nicht zurückhalten, wenn sie gehen möchte. Ich bitte, den Weg freizugeben. Alles Gute und auf Wiedersehen, Frau Kollegin! Auf Wiedersehen!

II

In Barbara Hofmanns Wohnung.

FRAU MARTIN: Sie sind aber früh zurück, Frau Doktor! Ist die Abschiedsfeier schon vorbei? ... Wie? Haben Sie geweint? Weinen Sie nicht, jetzt ist doch der ganze Ärger mit der Schule zu Ende! Einen herrlichen Strauß haben Sie bekommen! ... Aber Sie hätten noch bleiben sollen, das gemütliche Zusammensein wird jetzt ohne Sie stattfinden, schade! Vielleicht werden Sie vermißt, oder die Kolleginnen und Kollegen sind beleidigt. Na ja ... Sie werden schon gewußt haben, warum Sie nicht bleiben wollten ...

BARBARA HOFMANN: Sie haben recht: ich bin gleich nach dem offiziellen Teil weggegangen. Dieser Neue ist doch froh, wenn er mich endlich und endgültig los hat. Ich hab auch gar keine Lust, bei diesem Schauspiel der krampfhaften Fröhlichkeit mitzuwirken. Ich bin jetzt in Pension, fertig. Schluß. Ich bin eben in Pension geschickt worden. Irgendwann ist dieser Punkt erreicht, dieses: „Aus und Schluß!" Bei mir ist es eben der heutige Tag ... Ein Tag wie jeder andere, oder nicht? Man soll das alles nicht so wichtig nehmen. Wozu hätte ich mich bei der Abschiedsfeier angaffen lassen, oder mir weitere rührselige Worte anhören sollen?

FRAU MARTIN: Es tut Ihnen aber doch leid, daß Sie „Ihre Schule" nicht mehr haben, trotz des Ärgers ... oder?

BARBARA HOFMANN: Und wenn schon — wen geht's etwas an? ... Ich meine, Sie haben heute auch wieder einen geschwätzigen Tag, Frau Martin. Sie wollten doch die Fenster auf der Straßenseite putzen.

FRAU MARTIN: Hab ich doch! — Daß Sie nie wahrnehmen, wenn etwas sauber ist! — Na ja, wenn man immer mit Büchern arbeitet, merkt man bald sonst nichts mehr. Dafür waren Sie eine so gute Direktorin und Lehrerin, die ganze Stadt sagt das, ich höre ja, was gesprochen wird.

BARBARA HOFMANN: Haben Sie für heute Abend eingekauft? Tomaten und Weißbrot zum Käse.

FRAU MARTIN: Schauen Sie doch hinüber ins Speisezimmer — alles gerichtet. Ich werde Sie nicht ausgerechnet heute unversorgt lassen ... Der Salat steht im Kühlschrank, ich dachte ja, Sie kommen spät. Eine Flasche Rotwein hab ich aus dem Keller geholt, Sie sollten aber nur e i n Glas davon trinken, höchstens zwei, Frau Doktor, Sie wissen, daß Sie nicht viel vertragen, eine kleine, schwache Person, die Sie sind. Ich mein es gut ... So, für heute bin ich dann fertig, 4 Stunden, wie immer freitags. Einen angenehmen Abend Frau Doktor!

BARBARA HOFMANN: Eine geschwätzige Person, ahh, geschwätzig bis zum Überdruß! Wie gut, jetzt allein zu sein ... in Pension also, ab heute in Pension. Komisches Gefühl, ich fühle mich so labil, so hin- und herschwankend, komisch ...

Das Telefon klingelt.

BARBARA HOFMANN: Hier Hofmann. Hallo? ... Ah, Sie

sind es, Herr Kollege ... Schön, daß Sie an mich denken, das tut gut heute ... nein, ich bin gleich nach dem offiziellen Teil heimgegangen, alles nur Theater, dort ... Natürlich! ... Ich fahre nach Wörishofen, dort erhole ich mich immer gut ... Ja, habe ich schon gebucht ... Flug bis Athen, dann mit dem Bus ... ich weiß, 20. September bis 14. Oktober ... Wir treffen uns in Frankfurt auf dem Flughafen, ich freue mich ... Danke für Ihre guten Wünsche, im Augenblick fühle ich keinen Boden unter den Füßen ... Ja, das wird sich geben ... Ich wünsche Ihnen und Ihrer Familie angenehme Ferien ... Auf Wiederhören!

Man hört das Wegräumen von Geschirr und Besteck und Barbara leise summen.

BARBARA HOFMANN *(summt):* „Guten Abend, gute Nacht / mit Rosen bedacht / mit Näglein besteckt / schlüpf unter die Deck / Morgen Früh, wenn Gott will / wirst du wieder geweckt / morgen Früh, wenn Gott will / wirst du wieder geweckt." *(Barbara lacht leise, spricht vor sich hin):* Eigentlich ist es schön in Pension zu sein, lustig ist das ... keine Pflichten haben *(lacht)* mein Gott, war ich immer ein braves, gehorsames Kind! Und pflichttreu, pünktlich auf die Minute, nie etwas vergessen, immer für alle zur Verfügung ... *(lacht)* Aber bei der Abschiedsfeier bin ich nicht geblieben! Bin ihnen einfach davongelaufen *(lacht)*, es war wirklich lustig! Endlich bin ich ungehorsam ... Jetzt tu ich, was ich will, was — ich — will! *(Summt nochmals einen Teil des Liedes „Guten Abend, gute Nacht"), (spricht):* Leer ... die Flasche ist leer. Warum sollte sie nicht leer sein? ... Ausgetrunken, ... ich Barbara, das ungehorsame Kind, ausgetrunken ... leer, warum nicht, he? *(lacht)* Der Mond hängt schon wieder im Apfelbaum ...

Warum die Hausbesitzer diesen Apfelbaum haben? *(lacht)*. Extra für den Mond? ... Ja, jetzt geh ich schlafen ... Gute Nacht, Mond!

III

Eine Woche später. Isabella hilft Barbara beim Einpacken der Koffer für den Kuraufenthalt in Wörishofen.

BARBARA HOFMANN: Ich möchte unbedingt das blaue Seidenkleid für die Kurkonzerte mitnehmen.

ISABELLA: Hm. Muß das sein? Wir haben schon 2 festliche Kleider eingepackt. Der Koffer ist so voll, daß ich kaum noch etwas hineinquetschen kann. Es wäre schade, das zarte Kleid total zu verknittern.

BARBARA HOFMANN: Und was ist im anderen Koffer?

ISABELLA: Da haben wir doch das Sportliche: die Badesachen, die Kleider zum Wandern, für Spaziergänge im Regen, für kühle Tage — glauben Sie nicht, daß Sie für alle Eventualitäten gerichtet sind?

BARBARA HOFMANN: Mag sein. — Ja, wir haben genug eingepackt. Ich nehme noch die Reisetasche für die Hausschuhe, die Taschentücher und die Waschlappen, für diverse Kleinigkeiten und für die Bücher. — Haben Sie übrigens die interessante Neuerscheinung über die italienischen Renaissancefürsten gesehen? Schauen Sie das Buch an, ehe ich es einpacke. Ich werde in den Mußestunden viel lesen, bedenken Sie, wieviel Zeit ich jetzt habe!

ISABELLA: Vielleicht leihen Sie mir das Buch, wenn Sie zurückkommen. Jetzt wird es zu knapp, wenn wir den Zug erreichen wollen.

BARBARA HOFMANN: Wieviel Zeit haben wir noch?

ISABELLA: In einer Stunde fährt der Zug ab. 20 Minuten brauchen wir mit dem Wagen bis zum Bahnhof, wir sollten also unbedingt in 20 Minuten wegfahren.

BARBARA HOFMANN: Es ist reizend, daß Sie mir so behilflich sind, ich danke Ihnen sehr! Außerdem finde ich es hervorragend, daß Sie — was die Reformation betrifft — in vielem meine Ansichten teilen. Ich habe immer versucht, meinen Schülerinnen historische Zusammenhänge nahe zu bringen, die Daten haben nur die Funktion eines Gerüsts. Wissen Sie, dieser Grüntal, mein Nachfolger, hat mir schon immer nachgesagt, ich verzettele mich in Nebensächlichkeiten. So unsinnige Behauptungen hat er aufgestellt und versucht, mich zu verleumden, mich schlecht zu machen, gegen mich zu intrigieren ...

ISABELLA: Das alles ist sehr interessant, doch muß ich Sie bitten, sich fertig anzuziehen, sonst erreichen wir den Zug nicht mehr.

BARBARA HOFMANN: Zuerst will ich noch das Geld in die Handtasche geben. Ich hab es schon zurechtgelegt.

(Man hört, wie Barbara Schubladen auf- und zuschiebt, Schränke öffnet und schließt. Man hört ihre Stimme aus dem Nebenzimmer)

BARBARA HOFMANN: Ich finde das Geld nicht, um Gottes Willen, ich find es nicht! Dabei hab ich es schon vor Tagen gerichtet und weggelegt, fertig zum Mitnehmen. *(Weinerlich)* Wo ist denn das Geld?

ISABELLA: Überlegen Sie in Ruhe! Wo sind Sie hingegangen, nachdem Sie auf der Bank waren? In Ihr Schlafzimmer, oder in Ihr Arbeitszimmer? Sollten Sie es irgendwie versteckt haben, oder irgendwo eingesperrt?

BARBARA HOFMANN: Ich weiß, daß ich es in eine Schublade gelegt habe.

ISABELLA: Dann suchen Sie doch ruhig in den Schubladen! Möchten Sie, daß ich Ihnen helfe?

BARBARA HOFMANN: Oh nein! Nein, auf keinen Fall, das verwirrt nur. Haben Sie bitte Geduld. — Ob wir noch zurechtkommen? — Schließlich könnte ich auch morgen fahren, nur müßten wir dann mein Hotel anrufen. — Wo kann denn das Geld sein? Eine größere Summe, ich hab es in eine Schublade getan. *(Weinerlich)* Was sollen wir jetzt machen?

ISABELLA: Weitersuchen und Ihr Hotel anrufen. Den heutigen Zug erreichen wir nicht mehr und umsteigen können Sie mit dem vielen Gepäck nicht.

BARBARA HOFMANN: Nein, umsteigen kann ich nicht, es hilft einem ja niemand. — Aber Sie sind ein Engel … Werden Sie mich morgen auch an den Bahnhof fahren?

ISABELLA *(lachend):* Es wird wohl nichts anderes übrigbleiben.

BARBARA HOFMANN: Ah, wie angenehm! Jetzt müssen wir nicht mehr hetzen, gleich wird mein Herzklopfen nachlassen. Jetzt können Sie auch das Renaissancebuch anschauen, während ich das Geld suche. Lassen Sie sich nur nicht stören!

Man hört Barbaras Schritte, Schubladen auf- und zuschieben, dann Barabaras freudigen Ausruf.

BARBARA HOFMANN: Hier! — Isa, schauen Sie: hier in der Schreibtischlade ist das Geld! Ich hab es in ein Kuvert gesteckt, damit man es nicht gleich findet. Es war am besten so. Unter der Mappe mit dem Briefpapier war das Kuvert mit dem Geld. Ausgezeichnet! Jetzt stecke ich es sofort in die Handtasche.

ISABELLA: Wo geben Sie die Handtasche hin? Nicht, daß wir morgen die Tasche suchen müssen ...

BARBARA HOFMANN: Hier — Isa — schauen Sie, hierhin lege ich die Tasche ... Nein, es wird besser sein, sie unter mein Kopfkissen zu schieben, finden Sie nicht auch?

ISABELLA: Sehr gut! Aber bitte, lassen Sie die Tasche wirklich dort, damit wir sie nicht suchen müssen. Ich bin morgen beizeiten da, wir fahren dann gleich zum Bahnhof ... Auf Wiedersehen!

BARBARA HOFMANN: Auf Wiedersehen, mein Engel, fahren Sie vorsichtig!

IV

In Wörishofen in einem Restaurant. Man hört entsprechende Geräusche, Stimmen, verhaltene Musik.

1. KURGAST: Wie angenehm es hier ist, gut, daß wir einen Tisch reserviert haben. Doch wo bleibt Frau Dr. Hofmann? Sie wollte doch pünktlich sein. Nun ja, seit ich sie kenne, braucht sie viel Zeit zum Toilette machen. Vielleicht bestellen wir schon einen Aperitif?

2. KURGAST *(zu seiner Frau):* Was meinst du, Herta?

HERTA: Wie? — Ach so, einen Aperitif bevor Barbara kommt, gut, trinken wir schon einen Schluck?

1. KURGAST *(bestellt):* 3 Aperitif, bitte!

HERTA: Die Pensionierung scheint Barbara ziemlich aus dem Gleichgewicht gebracht zu haben, sie redet nur noch von ihrem Nachfolger, der schon immer gegen sie intrigiert haben soll und jetzt ihren guten Ruf als Lehrerin untergraben wird ... Wir sollten sie auf andere Gedanken bringen.

1. KURGAST: Da kommt sie ja! — Guten Abend, Verehrteste! Wie gut Sie aussehen! Wie immer: elegant von Kopf bis Fuß, schlank und jugendlich, niemand sieht Ihnen die Pensionierung an.

BARBARA HOFMANN: Guten Abend! Ich habe mich verspätet, bitte, zu entschuldigen!

HERTA: Du bist ganz außer Atem, warum denn? Komm, setz dich neben mich. Wirklich, das Kostüm steht dir gut. Du hast eben einen guten Geschmack. Wir können morgen zusammen einen Einkaufsbummel machen, hast du Lust? ... Die Herren fragen, ob sie für dich einen Aperitif bestellen sollen. Oder hast du schon etwas getrunken?

BARBARA HOFMANN *(irritiert):* Wieso meinst du, ich hätte etwas getrunken?

HERTA: Wäre das so ausgeschlossen? Du trinkst doch ab und zu ein Gläschen.

BARBARA HOFMANN: Aber wirklich s e h r selten.

HERTA: Wirklich s o selten?

1. KURGAST: Was möchten die Damen essen? Hier ist die Speisekarte.

BARBARA HOFMANN: Zuerst möchte ich meinen Aperitif trinken!

HERTA: Bekommt es dir, wenn du den Aperitif auf einen Zug trinkst?

BARBARA HOFMANN: Manchmal tu ich das. Es versetzt mich in gute Laune, regt die Phantasie an, vertreibt Sorgen und dumme Gedanken.

HERTA: Welche dummen Gedanken? Es geht dir doch blendend, du bist jetzt ganz und gar unabhängig, im Herbst machst du die schöne Reise nach Griechenland, danach schreibst du etwas darüber, außerdem wolltest du sonst noch allerlei publizieren, über den Geschichtsunterricht in der Oberstufe, über die Effektivität des modernen Sprachunterrichts und wer weiß, was sonst noch alles. Du bist — weiß Gott — in einer beneidenswerten Lage ...

BARBARA HOFMANN: Du als Ehefrau und Hausfrau verstehst nicht, was es heißt, von heute auf morgen aus dem Berufsleben gerissen zu werden.

HERTA: Es hat dich doch niemand „gerissen". Schließlich weiß man von Anfang an, daß die Pensionierung unausweichlich kommt. Mach doch das Beste daraus!

BARBARA HOFMANN: Du hattest schon immer etwas Leichtfertiges an dir.

HERTA *(lacht)*: Nimm dir ein Beispiel an mir!

1. KURGAST: Verehrte Frau Dr. Hofmann! Könnten Sie uns von Ihrer bevorstehenden Reise erzählen.

BARBARA HOFMANN *(dozierend)*: Eigentlich kenne ich Griechenland von mehreren Studienreisen und -aufenthalten. D i e s e Reise aber gilt besonders den Meteora-Klöstern, diesen Felsennestern der Frömmigkeit, diesen Zeugen geistiger Kraft. Bedenken Sie, daß man ohne moderne technische Hilfsmitteln Klöster hoch in die Berge, auf Felsvorsprünge, an gefährliche Steilhänge gebaut hat, um sich aus den Niederungen des Alltäglichen erheben zu können. Bedenken Sie das Symbolhafte: man glaubte, der Himmel sei oben, also wollte man ihm schon auf Erden ein Stück näher kommen. Wir bekommen alte Handschriften zu sehen und dieses

Ereignis wiegt die Strapazen der Reise auf. Möglicherweise werde ich über die alten Handschriften verschiedene Abhandlungen schreiben.

1. KURGAST: Lassen Sie mich wissen, wann Ihre Abhandlungen erscheinen, Sie haben mich neugierig gemacht.

HERTA: Du könntest nächstes Jahr hier einen Lichtbildervortrag halten.

BARBARA HOFMANN: Möglich, daß ich diese Anregung aufgreife.

2. KURGAST: Großartig! Hoffen wir, daß wir uns im nächsten Sommer alle wieder hier einfinden!

BARBARA HOFMANN: Jetzt muß ich einen Cognac oder einen Obstschnaps haben! Meine Verdauung braucht das.

HERTA: Du klagst über deine Leber und trinkst so starke Sachen ...

1. KURGAST *(ruft)*: Herr Ober! Bitte 2 Cognac, einen für die Dame, einen für mich.

HERTA: So ein Unsinn! Wie kann ein so gescheiter Mensch sich so dumm verhalten?

1. KURGAST: Trinken Sie mit Muße, Verehrteste! Schluck um Schluck! Riechen Sie das köstliche Aroma! Ein feines Getränk ... Wie schade! Jetzt haben Sie das ganze Glas auf einmal leergetrunken! Sie haben sich um die Freude des Genießens gebracht!

2. KURGAST: Ich schlage vor, nach Hause zu gehn.

HERTA: Stehst du noch fest auf den Beinen! Ich meine, du solltest dich in meinen Arm hängen. Trinke doch nicht so viel und nicht so hastig. Du wirst dich ruinieren.

V

Mehrere Wochen nach der Griechenlandreise in Barbara Hofmanns Wohnung.

FRAU MARTIN: Frau Doktor, Frau Doktor — wo sind Sie denn? Ich rufe mir die Seele aus dem Leib.

BARBARA HOFMANN: Hier bin ich, hier an meinem Schreibtisch. Stören Sie mich nicht, ich arbeite an dem Bericht über die alten Handschriften aus den, aus diesen … diesen … ach, ich weiß nicht mehr … aus diesen Klöstern da in den Bergen …

FRAU MARTIN: Aber Frau Doktor, wie kann man denn mit dem Schnapsglas neben sich für die gescheiten Bücher arbeiten? Mein Gott, die Flasche ist halb leer, schon wieder halb leer …

BARBARA HOFMANN: Also … was wollen Sie?

FRAU MARTIN: Ich wollte fragen, ob ich die leeren Weinflaschen wegwerfen soll, oder ob der Lieferant sie zurücknimmt. Früher haben Sie sich selbst um die leeren Flaschen gekümmert, jetzt lassen Sie einfach alles stehen.

BARBARA HOFMANN: Ich hatte Gäste, ziemlich viele Gäste, da wird eben getrunken *(lacht)*, ich hatte keine Zeit mehr, die Flaschen in den Keller zu tragen. Sie sehen ja, daß ich schreiben muß, alle sagen, ich muß schreiben, über diese alten Papiere, diese, ach, diese … ja, ich hatte diese Gäste, die haben mich gestört, welchen Sinn soll das alles haben, schreiben … und die Gäste …

FRAU MARTIN: So, so, viele Gäste … Hm. Haben die alle aus einem einzigen Glas getrunken? Die anderen Gläser stehen nämlich sauber im Schrank. Na ja, schon gut, ist schon gut, Frau Doktor. — Nur, was soll mit den leeren Flaschen geschehen?

BARBARA HOFMANN: Bringen Sie sie in Gottes Namen in den Keller, in die große Kiste ... Kiste, ach ja, zu den anderen Dingern in den Keller, ja. Und dann sehen wir weiter. Es geht mir gar nicht gut, Frau Martin, wirklich nicht gut, seit ich wieder zurück bin, geht es mir schlecht. Ich werde mich ... bringen Sie mich endlich ins Bett, Frau Martin, es geht mir nicht gut ...

FRAU MARTIN: Ja, legen Sie sich ins Bett, schlafen Sie, kommen Sie, ich helfe Ihnen ...

Man hört die Schritte von beiden.

BARBARA HOFMANN: Oh — tut das gut! Oh, weich und warm und geborgen! Und jetzt wiegt mich mein Mütterlein, ja, wiege mich, Mütterlein, wiege mich ... *(summt)*

FRAU MARTIN: Nichts Mütterlein, i c h bin hier, Frau Martin, Ihre langjährige Hilfe. — Wollen Sie was Richtiges essen? He — Frau Doktor! Was essen? — Na, eingeschlafen. — Ist auch am besten. So ein Elend, ein Jammer ist das, ein Jammer!

Man hört Frau Martin die Telefonscheibe drehen.

FRAU MARTIN: Hier Martin bei Dr. Hofmann. Sind Sie es, Isabella? ... Ach, ist das ein Elend ... eben hab ich sie ins Bett gelegt, total betrunken, ganz heruntergekommen ... Nehmen Sie sie bald für einige Tage zu sich, vielleicht bringt sie etwas Abwechslung vom Trinken ab, wenigstens vorübergehend ... Nächste Woche geht es nicht? Ich verstehe ... Aber übernächste Woche ... gut ... ich packe die Schlafsachen und ein Kleid zum Umziehen und ein wenig Wäsche zusammen ... Nein, ich lasse sie jetzt nicht allein ... wenn sie wach wird, muß sie was essen, eine gute Reissuppe vielleicht ... Danke ... bis übernächsten Montag also.

VI

Übernächste Woche. Isabella ist da.

BARBARA HOFMANN: Nehmen Sie endlich Platz, Isabella.

ISABELLA: Wir wollen doch gleich fahren, Sie haben mir am Telefon versprochen, ein paar Tage unser Gast zu sein und uns ausführlich zu erzählen.

BARBARA HOFMANN: Am Telefon? ... Nein, ich habe nicht telefoniert, mit niemandem ... schon lange nicht mehr ... Setzen Sie sich doch!

ISABELLA: Wo ist Ihr Koffer? Ich bring ihn schon ins Auto, während Sie den Mantel anziehen, es ist ziemlich kalt.

BARBARA HOFMANN: Ich versteh Sie nicht ... Setzen Sie sich doch! Alle Leute laufen gleich wieder fort.

ISABELLA *(seufzend):* Nun gut. Erzählen Sie mir schon ein wenig von der Reise? Ich bin neugierig?

BARBARA HOFMANN: Reise? ... Ich weiß nicht ... Sie müssen sich irren *(lacht)*, Sie werden alt und vergeßlich, meine Liebe, Reise? ... Mir geht es doch gar nicht gut, wie sollte ich da verreisen? Sie sehen doch, daß es mir schlecht geht ...

ISABELLA: Und wie war es bei den Meteora-Klöstern? In Griechenland?

BARBARA HOFMANN: Grie-chen-land ... ja, dort bin ich gewesen, diese Tempel, sag ich Ihnen, liegen da herum, die Steine, Säulen, dort war es so heiter und warm, dort hat man die Spiele ... Sie wissen doch, Spiele ... ach, ich weiß nicht mehr ... Sie haben auch vergessen, was Sie in der Schule gelernt haben! Was sagen Sie? Klöster? Ah, Sie denken an diese Busfahrt, damals ... *(lacht)* Das ist länger her ... das war scheußlich, sag ich Ihnen, die Wohnung, scheußlich! Kalt und niemand da, kein Mensch da und in die Schule geh ich nicht mehr, ich war nämlich Direktorin in einer Schule *(lacht)*, jetzt bin ich in Pension, endlich ungehorsam *(lacht)*, ich tu, was ich will ... Aber dann die Wohnung und der Regen, niemand da ... sehen Sie nicht, daß ich krank bin?

ISABELLA: Eben. Deswegen sollten Sie einige Tage zu uns kommen, wir werden Sie gesund pflegen, kommen Sie, wir fahren jetzt!

BARBARA HOFMANN *(schrill):* Nein! Auf keinen Fall. Ich fahre nicht fort! Sehen Sie ... der Regen, die Kälte ... was machen Sie denn?

ISABELLA: Ich nehme diesen Koffer und trage ihn ins Auto.

BARBARA HOFMANN: Was erlauben Sie sich! Lassen Sie meinen Koffer, Sie freche Person, wie kommen Sie dazu? *(lacht)* ... Komisch, daß Sie mit meinem Koffer verreisen wollen ... Setzen Sie sich, ich will nicht immer allein sein!

ISABELLA: Wollen Sie schlafen? Ich warte, bis Sie ausgeruht sind und sich besser fühlen.

BARBARA HOFMANN: Schlafen, ah! Das gute Mütterlein wiegt mich, mein Mütterlein wiegt mich ... Aber jetzt werde ich nicht schlafen. Wenn man Gäste hat, schläft man nicht. Erzählen Sie mir ... wie war noch Ihr Name? ... Gehen Sie jetzt! Gehn Sie endlich, Sie strengen mich an! Gehen Sie, ich will schlafen.

ISABELLA: Soll ich wiederkommen, wenn Sie ausgeruht sind?

BARBARA HOFMANN: Oh nein! ... Sie wollen mich wegbringen, aber ich geh nicht mit Ihnen, ich geh mit keinem!

ISABELLA: Leider ist Ihnen nicht zu helfen, Frau Doktor Hofmann. Auf Wiedersehen. Lassen Sie einen Arzt kommen!

Man hört die Tür ins Schloß fallen.

BARBARA HOFMANN *(lacht):* Fährt mit dem Auto fort ... ich tu, was ich will. Schlafen ... Aber der Mond ist nicht im Apfelbaum.

VII.

Es klingelt an Barbaras Wohnungstür.

BARBARA HOFMANN: Wer ist da?

DR. EISLER: Ich bin es, Eisler, Ihr Arzt. Sie können ruhig aufmachen.

BARBARA HOFMANN: Was wollen Sie denn?

DR. EISLER: Sie wieder einmal besuchen.

Man hört Barbara mit dem Schlüssel hantieren.

BARBARA HOFMANN: Ach, das Schloß! Jemand muß es kaputtgemacht haben, ich krieg es so schwer auf ...

DR. EISLER: Drehen Sie den Schlüssel in die andere Richtung.

BARBARA HOFMANN: Meinen Sie? ... Tatsächlich, jetzt geht es auf!

DR. EISLER *(kommt herein):* Guten Morgen, Frau Hofman, wie geht es denn? Ich hab schon lange nichts von Ihnen gehört.

BARBARA HOFMANN: Oh, es geht mir nicht gut, gar nicht gut.

DR. EISLER: Man sieht es Ihnen an. Warum haben Sie mich nicht gerufen?

BARBARA HOFMANN: Ich wollte Ihnen keine unnötige Arbeit machen, Doktor.

DR. EISLER: So, so. Und was fehlt Ihnen! Die alte Geschichte mit der Leber? Oder wieder die Schwindelanfälle? Die Kopfschmerzen?

BARBARA HOFMANN: Woher wissen Sie das? Überhaupt: wer hat Sie geschickt?

DR. EISLER: Ein alter erfahrener Arzt weiß ungefähr, wann und warum seine Sorgenkinder ihn brauchen.

BARBARA HOFMANN: Wieso bin ich Ihr Sorgenkind? ... Aber — ich bin so unhöflich! Bitte, setzen Sie sich, wir trinken einen Cognac zusammen.

DR. EISLER: Ich meine, wir sollten uns einen guten Kamillentee kochen! Vermutlich haben S i e Ihren Morgencognac schon getrunken.

BARBARA HOFMANN: Woher wissen Sie das?

DR. EISLER: Dort steht die Flasche und daneben ein Glas. — Wollen Sie nicht ernsthaft versuchen, das Trinken zu lassen? Ich fürchte, daß Sie unweigerlich auf eine Entziehungskur zusteuern. In dem Zustand, in dem Sie sich zur Zeit befinden, können Sie kaum alleine leben. — Wie oft kommt denn Ihre Hilfe? Immer noch 3 mal die Woche? — Was riecht hier die ganze Zeit so merkwürdig? Haben Sie etwas auf dem Gasherd stehen?

BARBARA HOFMANN: Ich rieche nichts. Sie bilden sich das ein!

DR. EISLER: Na, wollen wir nachschauen!

BARBARA HOFMANN: Wieso erlauben Sie sich, in meine Küche zu gehn?

DR. EISLER: Da haben wir die Bescherung! Was kocht, oder besser: was brennt denn in dem Töpfchen an? — Ein Ei! Das sehe ich heute zum ersten Mal: ein angebranntes, fast verkohltes Ei, das ein weiches Ei hätte werden sollen!

BARBARA HOFMANN: Das ist mein Frühstücksei. Sie haben mich aus dem Konzept gebracht mit Ihrem Besuch! Wie können Sie zu so früher Stunde einen Besuch machen? Finden sie das nicht ungezogen?

DR. EISLER: Natürlich. — Aber besser ich als die Feuerwehr!

BARBARA HOFMANN: Sie waren noch nie ein wohlerzogener Mann!

DR. EISLER: Wie gut Sie mich kennen! — Da wollen wir also offen miteinander reden: Ihre Trunksucht, meine Liebe, hat Sie schon ziemlich ruiniert, könnten Sie sich nicht zu einer Entziehungskur entschließen? Es ist doch jammerschade um Sie und um die schönen Jahre, die Sie vergeuden. Alleine kommen Sie vom Alkohol nicht mehr los. Ich wollte Ihnen ja schon x-mal helfen, aber Sie machen nicht mit. Sie lassen sich gehen, ziehen sich nicht an, kämmen sich nicht, mit einem Wort: Sie verkommen geistig und körperlich. — Erzählen Sie mir jetzt nicht, wer alles an Ihrem angeblichen Elend schuld ist! Sie allein sind daran schuld und Sie allein können aus Ihrem Sumpf heraus, wenn Sie wollen!

BARBARA *(empört)*: Wie sprechen Sie mit mir, Doktor?

DR. EISLER: Wie mit einer Trunksüchtigen. — Wollen wir es noch ein letztes Mal versuchen?

BARBARA HOFMANN: Ich verspreche Ihnen, daß ich noch weniger trinke als bisher!

DR. EISLER: Sehr gut! — Ich werde wieder einen Plan ausarbeiten, nachdem Sie — mit sehr viel Anstrengung — schrittweise vom Alkohol abkommen und wieder ein Leben nach Ihren Fähigkeiten und Möglichkeiten führen können. Heute früh sind Sie noch recht nüchtern und aufnahmefähig — geben Sie mir also Ihre Cognac-Vorräte mit, versuchen Sie, wenn ich weg bin, über die Griechenlandreise zu schreiben, spazieren zu gehn, gut zu essen, vielleicht ist dieser Tag der Anfang eines neuen Lebens!

BARBARA HOFMANN: Doktor! Ach, Doktor — wenn ich das könnte!

DR. EISLER: Sie müssen es w o l l e n! Sehen Sie: diese vier Flaschen Cognac geben Sie mir zu treuen Händen, ich bewahre sie sorgfältig auf. Den Kellerschlüssel hat, Gott sei Dank, Frau Martin und mit der Flasche Wein können Sie bis morgen auskommen. Abgemacht? Morgen bringe ich den Plan für Ihr neues Leben, denken Sie ununterbrochen daran! Auf Wiedersehen!

Man hört die Tür ins Schloß fallen.

Zwei Wochen später.

FRAU MARTIN: Guten Morgen, Frau Doktor.

BARBARA HOFMANN: Gut, daß Sie da sind! Es geht mir nicht gut, gar nicht gut.

FRAU MARTIN: Das wundert mich. Sie sehen nämlich viel besser aus, seit Dr. Eisler sich wieder um Sie kümmert, Sie haben zugenommen, sind nicht mehr so blaß, sind gut gelaunt …

BARBARA HOFMANN: Sie verstehen natürlich auch nichts von meiner Krankheit. Meine Verdauung funktioniert nicht. Eisler, dieser ungezogene Landarzt, glaubt mir nicht, daß ich nach dem Essen einen Cognac brauche … Gehen Sie heute einkaufen? Ich meine, gehn Sie gleich in die Stadt?

FRAU MARTIN: Zuerst möchte ich meine Arbeit in der Wohnung machen, dann einkaufen und Ihnen anschließend was Gutes kochen, das Sie morgen wärmen können.

BARBARA HOFMANN: Warum gehn Sie nicht zuerst in die Stadt?

FRAU MARTIN: Warum möchten Sie das?

BARBARA HOFMANN: Ich mag nicht, daß Sie immer Ihren Dickschädel durchsetzen!

FRAU MARTIN: Lassen Sie mich nur! Bisher war es doch ganz gut, wie ich es gemacht habe, oder? Ich fange jetzt im Schlafzimmer an …

BARBARA HOFMANN: Nein! — Auf keinen Fall, nein! Nein!

FRAU MARTIN: Aber Frau Doktor! Immer vernünftig bleiben! Haben Sie schon gefrühstückt? Ich koche Tee, richte einige Scheiben Zwieback, möchten Sie Honig? — Wo laufen Sie hin? — Was ist denn in dem Schlafzimmer? — Aber, aber, Frau Doktor! Haben Sie heute Nacht getrunken? Mein Gott, eine Flasche Birnenschnaps am Bett, oh, oh, oh!

BARBARA HOFMANN: Schreien Sie nicht so! Das geht Sie nichts an. Verrichten Sie Ihre Arbeit! Ich bin krank und Sie schreien hier herum! Es geht mir gar nicht gut und niemand hilft mir … Mütterlein, ach Mütterlein, wiege mich!

FRAU MARTIN: Was soll ich tun? Was — um alles in der Welt — soll ich tun? … Legen Sie sich wieder hin und schlafen Sie … So ist es gut, schlafen Sie noch eine Stunde.

Man hört Frau Martin telefonieren.

FRAU MARTIN: Sind Sie selbst am Apparat, Herr Doktor? ... Ja, wieder rückfällig! Eine fast leere Flasche Birnenschnaps am Bett ... Sicher hat sie den Schnaps selbst gekauft, sie konnte ja allein in die Stadt gehen, seit Sie sie behandeln ... und jetzt alles wieder hin ... Im Augenblick schläft sie ... Wann können Sie kommen? Gegen halb zwölf, gut, ich bleibe so lange hier.

Man hört Frau Martin mit dem Staubsauger hantieren, Wasser laufen, Straßengeräusche durch ein offenes Fenster, leise Radiomusik.

BARBARA HOFMANN: Ich gehe spazieren.

FRAU MARTIN: Mein Gott, haben Sie mich erschreckt! Sie sind ja fertig angezogen! Geht es Ihnen besser?

BARBARA HOFMANN: Nein, es geht mir gar nicht gut, aber ich m u ß aus dem Haus, Sie haben ja diesen schrecklichen Arzt auf mich gehetzt, ich kann ihn nicht ertragen! So werde ich von fremden Leuten aus meinen eigenen vier Wänden vertrieben, wie eine Obachtlose ... nein, wie eine Ob-dach-lose muß ich durch die Straßen irren ...

FRAU MARTIN: Nehmen Sie Vernunft an! Bei diesem kalten, nassen Wetter holen Sie sich eine Lungenentzündung.

BARBARA HOFMANN: Ver-nunft? Endlich mach ich, was ich will ... *(lacht)* Schauen Sie mich nicht so an, ich geh spazieren.

Man hört Barbara Hofmann die Tür öffnen.

FRAU MARTIN: Bleiben Sie doch! Kommen Sie herein! Wir ziehen den Mantel und den Hut wieder aus ... und wie haben Sie den Schal umgebunden, ganz schief!

BARBARA HOFMANN: Rühren Sie mich nicht an! Lassen Sie mich los! Lassen — Sie — mich los! *(Keucht)* Hilfe! Hilfe! Ich werde festgehalten, wie ... eine ... Gefangene, festgehalten ... Warum hilft mir keiner? Lassen Sie mich! Hilfe!

Man hört Barbara Hofmann die Stiege hinunterfallen, Frau Martins Aufschrei, dann Frau Martin die Treppen hinunterlaufen.

FRAU MARTIN: Frau Doktor! ... Frau Hofmann! ... Hallo! Hören Sie mich? ... Mein Gott, wie schrecklich! ... Hallo, hören Sie mich? He — wo haben Sie sich verletzt? Sie bluten gar nicht ... Sagen Sie doch etwas, Frau Hofmann ... hören Sie mich?

BARBARA HOFMANN: Ich weiß nicht ... ich weiß wirklich nicht ... es ist mir kalt, furchtbar kalt ... Helfen Sie mir auf die Beine ... *(schreit auf)* Au! Au — mein Fuß! Ich kann nicht stehn. Ich möchte mich setzen, au, mein Fuß!

FRAU MARTIN: Können Sie nicht langsam, Stufe um Stufe, hinaufgehn? Hier ist es viel zu kalt.

BARBARA HOFMANN: Ich will sitzen bleiben, hier will ich sitzen bleiben. Mein Fuß ist zerstört, mein Fuß ...

FRAU MARTIN: Ich bringe eine warme Decke, packe Sie ein und hole Hilfe. Sie müssen unbedingt ins Bett.

Es klingelt an der Haustür. Frau Martin öffnet.

DR. EISLER: Hab ich doch Böses geahnt! Warum sitzen Sie hier in Mantel und Schal, was sucht der Hut in der Ecke, was machen Sie hier im kalten Treppenhaus?

BARBARA HOFMANN: Das geht Sie nichts an, mein Herr.

FRAU MARTIN: Sie ist die ganze Stiege hinuntergefallen,

jetzt schmerzt der rechte Fuß so, daß sie nicht auftreten kann.

DR. EISLER: Scheint gebrochen zu sein, schöne Überraschung! Wir müssen sie ins Bett tragen, trauen Sie sich das zu, Frau Martin? Greifen Sie fest unter die Knie, ja, so ist es recht, ich nehme den Oberkörper.

Man hört Barbaras Stöhnen und die Schritte auf den Stufen.

DR. EISLER *(aufatmend):* So, das haben wir geschafft! Bleiben Sie ruhig, Frau Hofmann, ich rufe die Kollegen vom Krankenhaus an, Sie müssen auf alle Fälle in stationäre Behandlung.

DR. EISLER *(telefoniert):* Hallo ... hier Dr. Eisler. Verbinden Sie mich mit dem Chef ... operiert noch, hm .. ich brauche ein Bett in der Orthopädie, wahrscheinlich Fraktur am rechten Fuß, wann kann die Patientin kommen? ... Ja, dringend ... ist alleinstehend ... Ich bestelle die Ambulanz für 16 Uhr, Name der Patientin: Barbara Hofmann ... ja, Direktorin des Gymnasiums ... Arztbrief schicke ich heute noch ab ... informieren Sie, bitte, den Chef ... danke!

(Zu Frau Martin): Können Sie sich bis 16 Uhr opfern? Heute kann man Frau Hofmann nicht allein lassen.

FRAU MARTIN: In Gottes Namen ... Ich rufe meinen Mann an, damit er weiß, wo ich bleibe.

VIII.

Wochen später in der orthopädischen Abteilung des Krankenhauses.

CHEFARZT: Sie sind, wie ich höre, der einzige nahe Verwandte von Frau Dr. Barbara Hofmann, deshalb bitte ich Sie um Ihr schriftliches Einverständis für eine Einweisung in eine Anstalt für Suchtkranke. Ohne Entziehungskur ist Ihre Tante außerstande, allein zu leben, sie ist eine Gefahr für sich selbst und für ihre Umgebung, sie in ihre Wohnung zu entlassen, ist nicht zu verantworten und indiskutabel.

BARBARAS NEFFE: Ich habe meine Tante seit vielen Jahren nicht mehr gesehen — sie war schon immer etwas eigenbrötlerisch — jedenfalls finde ich es empörend, daß sie es hat so weit kommen lassen ...

CHEFARZT: Oh, nicht so selbstgerecht. Wir wollen nicht über Ihre Tante urteilen, wir wollen ihr helfen!

BARBARAS NEFFE: Im Prinzip habe ich nichts gegen eine Entziehungskur in einer entsprechenden Anstalt, nur ... ich meine, Tantes Pension wird doch hoffentlich für die Unkosten reichen ... ich selbst könnte für nichts aufkommen.

CHEFARZT: Diese Frage steht hier nicht zur Diskussion ... trotzdem: die Pension wird reichen.

BARBARAS NEFFE: Gut, ich unterschreibe also dieses Formular.

CHEFARZT: Im Interesse Ihrer Tante haben wir keine andere Wahl.

BARBARAS NEFFE: Wann soll die Einweisung erfolgen?

CHEFARZT: In ca. 8 Tagen wird ein Platz in der Anstalt frei.

BARBARAS NEFFE: Gut. — Ich bedanke mich für Ihre Informationen, vertraue Ihrer ärztlichen Erfahrung und Ihrem ärztlichen Verantwortungsbewußtsein.

CHEFARZT: Die Anstalt für Suchtkranke wird Sie weiter informieren.

BARBARAS NEFFE: Doch hoffentlich nur privat, nicht über mein Büro!

CHEFARZT: Klären Sie das mit der Anstalt!

IX.

In der Anstalt für Suchtkranke. Professor Gürtler, Chef der Anstalt, im Gespräch mit Stationsschwester Gerta.

PROFESSOR: Ist der Neuzugang auf Zimmer 128 immer noch unruhig?

SCHWESTER GERTA: Sehr unruhig. Randaliert, wehrt sich gegen jede Therapie, schlägt um sich. Wir müssen sie immer zu zweit versorgen. Schwester Inge weigert sich, allein ins Zimmer zu gehn. Die Patientin spuckt sie an, versucht, sie in die Hände zu beißen, oder ihr das Gesicht zu zerkratzen. Vor mir versteckt sie sich, schaut mich haßerfüllt und entsetzt an. Gegen Abend treten regelmäßig Erregungs- und Erschöpfungszustände ein. Die Patientin schläft kaum, die Nachtwache hat immer Arbeit mit ihr. Vergangene Nacht mußte Dr. Weber eine Spritze machen, um sie endlich ruhig zu bekommen.

PROFESSOR: Erinnern Sie mich bei der nächsten Visite daran, daß ich mit Weber darüber spreche, ab wann wir Frau Hofmann eventuell zur Gruppentherapie einteilen können. Gruppentherapie wirkt bei manchen Patienten wahre Wunder. — Nun gut, zunächst müssen wir Frau Hofmann zur Ruhe bringen, sehen, daß sie wieder ißt, sie besteht wirklich nur noch aus Haut und Knochen.

SCHWESTER GERTA: Das ist leichter gesagt als getan, Herr Professor. Die Patientin verweigert das Essen. *(schnippisch)* Aber Sie wollen ja nicht, daß wir sie künstlich ernähren.

PROFESSOR: Das ist nicht notwendig. Künstliche Ernährung ist etwas Entwürdigendes. Ich halte sie gerade im Fall Hofmann für den allerletzten Ausweg. Nein, wir kriegen die Studienrätin auch so aus ihrer Krise. — Bieten Sie 5 bis 6mal am Tag Nahrung an, Schwester.

SCHWESTER GERTA: Das tun wir sowieso. Wenn wir die Patientin nicht füttern, schüttet sie das Essen auf den Boden, versteckt es im Schrank oder schmiert es ins Bett, an die Wand oder in ihre Kleider. Wenn wir sie füttern, schlägt sie uns den Löffel aus der Hand.

PROFESSOR: Trotzdem: vermeiden wir alles, was den Rest ihrer Würde noch mehr verletzen könnte. Auch der tobende, sich verweigernde Süchtige giert nach Respekt und Anerkennung, gerade er, weil er uns total ausgeliefert ist. — Ich sehe den Fall Hofmann nicht aussichtslos, vielmehr glaube ich, positive Ansatzpunkte für eine Therapie erkennen zu können. — Ist sonst alles klar, Schwester?

SCHWESTER GERTA: Ja, Herr Professor.

Einige Tage später.

STATIONSARZT WEBER: Gerta! Schwester Gerta, wo bleiben Sie denn? Bringen Sie Inge mit!

SCHWESTER GERTA: Wir kommen ja schon, Herr Doktor. *(seufzend)* Mein Gott, ist das immer eine Tortur für alle Beteiligten.

Man hört das Geräusch des Aufsperrens, eine Tür wird geöffnet und sofort wieder geschlossen. Hastige Schritte trippeln unaufhörlich im Zimmer hin und her.

STATIONSARZT WEBER: Guten Abend, Frau Dr. Hofmann. Wie fühlen Sie sich? Haben Sie Ihren Kuchen gegessen, den Kakao getrunken? Hat das Püree geschmeckt? Wollen Sie sich nicht ein wenig setzen? Das Hin- und Herlaufen macht Sie doch ganz nervös, Sie wissen, daß Sie nicht schlafen können, wenn Sie immer herumhetzen. Dann muß ich Ihnen wieder eine Spritze machen, was Sie gar nicht mögen. Es wäre besser, wenn Sie jetzt zur Ruhe kämen. Kommen Sie, wir probieren es!

BARBARA HOFMANN *(lauernd):* Sie — Sie wollen mich nur quälen, Sie sind ein weißer Teufel! Sie wollen, daß ich in der Hölle bleibe, das wollen Sie ... aber ich bleibe nicht! Ich laufe Ihnen davon! ... Sehen Sie, wie weit ich heute gelaufen bin? Heute erwischen Sie mich nicht! *(fängt an zu schreien)* Machen Sie die Tür auf! Sofort! Machen Sie auf! ... Heut werde ich Sie in die Hölle sperren, in dieses böse Zimmer sperre ich Sie, damit Sie verdursten ... So wie ich sollen Sie dursten! ... Dieses lächerliche Sonnenviereck dort in der Wand haben Sie mit Gittern vernagelt, die Sonne haben Sie gekreuzigt, Sie lächerlicher Zwerg! ... Sie kreuzigen die Sonne, damit Sie mich einsperren können ... Aber Sie werden verdursten! Ich ziehe Sie mit in die Finsternis ... dort laufen wir immer im Kreis, im Kreis, im Kreis ... suchen etwas zu trinken, aber ich gebe Ihnen nichts, nichts! Ich lache über Sie, ich lache! Ich bin nämlich nicht mehr gehorsam *(lacht)* Ich will Sie peinigen, bis Sie alle Freude verloren haben, wie ich ... wissen Sie, wie man die Freude verliert? Sie haben mein Mütterlein verjagt, Sie ... Sie mit Ihrer spitzen Nadel haben alles kaputtgemacht! ... Warum gehn Sie nicht? ... Rühren Sie mich nicht an! Kommen Sie mir nicht zu nah! Wir laufen im Kreis ... Lassen Sie mich!

STATIONSARZT WEBER *(laut und bestimmt):* Jetzt haben Sie sich wieder grundlos aufgeregt. Sie wissen, daß ich

Ihnen helfen will und daß Sie schlafen müssen, wenn Sie gesund werden wollen. Morgens sind Sie glücklich, wenn Sie geschlafen haben. Kommen Sie, wir machen wieder eine Schlafspritze!

BARBARA HOFMANN *(schreit):* Nein! Niemals mehr werden Sie mich niederdrücken und auseinanderwalzen mit Ihren bösen Zaubermitteln, mich zu Brei machen! ... Nie, nie ... Lassen Sie mich! Diese beiden Bestien mit den weißen Schlangenhänden dürfen mich nicht anfassen ... ich will hinaus, ich geh nicht mehr in die Hölle! ...

STATIONSARZT WEBER: Gerta! Inge! Bitte, aufs Bett legen und festhalten!

Man hört Barbaras Stöhnen und Wimmern.

STATIONSARZT WEBER *(besänftigend):* Gleich lassen wir Sie los, Frau Dr. Hofmann, gleich wird die Medizin wirken, sie werden ruhig und müde, Sie werden gut schlafen, morgen geht es Ihnen wieder ein Stückchen besser. Schon entspannen Ihre Glieder, schon fühlen Sie, wie warm und weich Ihr Bett ist, alle Unruhe ist schon vorbei ...

BARBARA HOFMANN *(leise):* Sie machen wieder Brei aus mir ... sehen Sie, wie ich auseinanderfließe ... oh, wie ich Sie haße! Ich bin müde ... ich will nach Haus! ... Aber ich bin zu müde ... nach Haus ... viel zu müd ...

SCHWESTER GERTA: Das haben wir wieder einmal geschafft!

Arzt und Schwestern entfernen sich, Tür fällt ins Schloß.

Einige Wochen später.

SCHWESTER GERTA: Guten Morgen, Frau Hofmann! Gut geschlafen? Oh, Sie haben ja schon gefrühstückt, das ist aber brav! Ein braves Mädchen haben wir da!

BARBARA HOFMANN: Braves Mädchen? ... Wollen Sie sagen, daß ich ... oh nein ... doch! Sie haben recht, ich war immer ein braves, gehorsames Kind.

SCHWESTER GERTA: Und heute gehen wir wieder ein bißchen spazieren. Und den Asperagus am Fenster muß unser braves Mädchen gießen. Wo haben wir denn die Gießkanne? Im Schrank? Ich meine, die könnten wir neben dem Blumentischchen stehen lassen, sehen Sie, hierher stellen wir die Gießkanne. — So, und jetzt ziehen wir uns schön an, nicht zu warm, es ist nämlich mild draußen. Schwester Liesl kommt Sie abholen. Frau Meier und Frau Herbart gehen auch mit.

BARBARA HOFMANN: Diese Personen mag ich nicht! Ich gehe lieber mit der Schwester allein spazieren!

SCHWESTER GERTA: Aber, aber! Wer wird denn so störrisch sein? Nun — ausnahmsweise dürfen Sie heute allein mit Schwester Liesl gehen. Soll ich Ihnen beim Anziehen helfen?

BARBARA HOFMANN: Nein, ich habe mich immer allein angezogen.

SCHWESTER GERTA: Brav, sehr brav! — Ich leg Ihnen das Kleid zurecht.

Schwester Liesl kommt herein.

SCHWESTER LIESL: Wie gut Sie heute aussehen, Frau Dr. Hofmann! Ich freu mich auf die Stunde im Garten.

Liesl und Barbara gehn über den Flur in den Garten.

BARBARA HOFMANN: Mit Ihnen geh ich gerne spazieren, Sie sind so ... so höflich, wie meine Schülerinnen. Ich war nämlich Direktorin, hab ich Ihnen das schon erzählt?

SCHWESTER LIESL: Ja, ich weiß. Und Sie haben viele Bücher geschrieben und schöne Reisen gemacht, Sie sind eine feine, gebildete Dame.

BARBARA HOFMANN: Hören Sie, Schwester, wenn ich jetzt immer artig bin, brav spazieren gehe und gut esse, darf ich dann bald nach Hause? Ich habe doch eine große Wohnung, die Möbel sind von meiner Mutter. Ach, wissen Sie, mein Mütterlein hat mich in den Schlaf gesungen, ja, Schwester, ja, — ich weiß nur nicht mehr, wie lange das her ist.

SCHWESTER LIESL: Sie sollten sich keine nutzlosen Gedanken machen, Frau Dr. Hofmann! Genießen wir den schönen Tag. Hören Sie! Ihre Amsel singt! Das ist sie doch, die Ihrem Fenster gegenüber auf der Baumspitze sitzt ... Jetzt ist sie weggeflogen, aber sie kommt bestimmt wieder zurück.

BARBARA HOFMANN: Und darf ich bald Besuch haben, Schwester?

SCHWESTER LIESL: Besuch? — Wen erwarten Sie denn?

BARBARA HOFMANN: Die anderen Frauen bekommen auch Besuch.

SCHWESTER LIESL: Nun ja, die haben Kinder, oder einen Mann. Aber Sie haben ja nur für Ihren Beruf und für Ihre Bücher gelebt, Sie brauchen keinen Besuch, Sie haben die ganze Welt in Ihrem Herzen und in Ihrem Kopf.

BARBARA HOFMANN: Früher hat mich Isabella besucht. Kennen Sie Isabella?

SCHWESTER LIESL: Sie haben mir noch nie von ihr erzählt.

BARBARA HOFMANN: Komisch ... Ich hatte Isabella vergessen. Sie hat mich doch damals zur Bahn gebracht ...

SCHWESTER LIESL: Ich werde bei der Verwaltung fragen, ob Isabella angerufen hat. Wie heißt sie mit dem Familiennamen?

BARBARA HOFMANN: Fa-mi-lien-namen? Woher soll ich den kennen? Ich habe immer Isabella gesagt.

SCHWESTER LIESL: Unsere Stunde geht zu Ende, wir müssen zum Essen!

BARBARA HOFMANN: Schade!

SCHWESTER LIESL: Kommen Sie herein, Frau Dr. Hofmann, guten Appetit!

Man hört die Tür ins Schloß fallen.

Einige Wochen später. Isabella kommt zu Besuch. Stationsschwester Gerta führt sie zu Barbara ins Zimmer.

SCHWESTER GERTA: Da macht unser braves Mädchen aber Augen! Frau Isabella ist wirklich gekommen. Kennt unser Mädchen den Gast noch?

ISABELLA: Guten Tag, Frau Dr. Hofmann. Schön, Sie nach so langer Zeit zu sehen. Wie geht es Ihnen? Wie ich sehe, haben Sie sich gut erholt ... Oh, weinen Sie nicht, bitte, weinen Sie nicht! ... So, jetzt lachen Sie, das macht mich auch froh. — Schwester, ich glaube, Sie können uns jetzt allein lassen!

SCHWESTER GERTA: Überschätzen Sie sich nicht! Der erste Besuch ist immer problematisch. In einer halben Stunde komme ich Sie sowieso holen.

ISABELLA: Gut. Aber nun können Sie uns allein lassen, Schwester.

Gerta geht, die Tür fällt zu.

BARBARA HOFMANN: Haben Sie bei der Verwaltung angerufen? Haben Sie gewußt, wie krank ich war? O ja, ich war sehr krank. Ich weiß nicht, was mich krank gemacht hat. Ich war in einer großen Finsternis, können Sie verstehen, daß ich in der Finsternis war? Haben Sie das auch schon erlebt?

ISABELLA: Wir haben uns öfter nach Ihnen erkundigt. Dr. Eisler sagte uns, daß Sie in dieses Krankenhaus gebracht worden sind. — Ein schönes, helles Zimmer haben Sie hier. Und wie Ihre Begonien blühen! Wunderbar!

BARBARA HOFMANN: Sie sind jetzt meine Freunde, die stummen Pflanzen. Und die Amsel drüben im Baum singt für mich. Haben Sie sich auch schon über eine Amsel gefreut? — Aber schauen Sie, was ich kann, Isabella! Ich setze mich auf diesen Sessel und stehe schnell, sehr schnell auf, laufe bis zur Tür und wieder zurück, setze mich, stehe auf, sehr schnell hintereinander und werde gar nicht schwindelig und nicht müde. Ist das nicht großartig?

ISABELLA: Ja, das ist großartig!

BARBARA HOFMANN: Ich bin also gesund.

ISABELLA: Das hoffe ich sehr!

BARBARA HOFMANN: Hören Sie, Isabella! Ich will nach Hause, ich gehe mit Ihnen nach Hause. Nehmen Sie mich mit! Ich will in meine Wohnung. Sie haben mich doch damals zum Zug gebracht, Sie haben mir immer geholfen, nehmen Sie mich mit, bitte, ich bin ja wieder gehorsam und brav! Nehmen Sie mich mit!

ISABELLA: Liebe Frau Dr. Hofmann, so über Hals und Kopf kann man ein Krankenhaus nicht verlassen, das verstehen Sie doch! Auch weiß ich nicht, ob Ihre Wohnung in Ordnung ist, man müßte sie erst aufräumen, gut lüften ... doch darüber reden wir ein anderes Mal.

Ich will den Chefarzt fragen, ob und wann Sie entlassen werden können, ist Ihnen das recht? Und wenn es erlaubt ist, besuche ich sie bald wieder.

Es klopft an der Tür, Gerta kommt herein.

SCHWESTER GERTA: Hat sich unser Mädchen gut geschickt? Bißchen aufgeregt, wie? Ist klar, der erste Besuch bringt uns aus dem Häuschen, gell? Aber wir bringen das Mädchen schon wieder in Ordnung. Verabschieden Sie sich jetzt, es wird sonst wirklich zu viel.

ISABELLA: Liebe Frau Dr. Hofmann, ich wünsche weitere gute Erholung. Ich werde bald einmal anrufen. Auf Wiedersehen!

Die Tür fällt ins Schloß

SCHWESTER GERTA: Und — was hat unser Mädchen erzählt?

ISABELLA: Wir haben über persönliche Dinge gesprochen. — Übrigens finde ich Ihre Anrede „unser Mädchen" recht unpassend. Es wäre angebracht, Frau Dr. Hofmann bei ihrem Namen zu nennen, Schwester!

SCHWESTER GERTA: Wollen Sie mich lehren, wie man mit labilen Trinkernaturen umgeht?

ISABELLA: Das sicher nicht, aber Sie sollten vor Frau Hofmann mehr Respekt haben!

SCHWESTER GERTA *(lacht):* Ich habe meine Erfahrungen!

ISABELLA: Kann ich mit Professor Gürtler sprechen?

SCHWESTER GERTA: Es könnte sein, im allgemeinen ist er donnerstags durchgehend im Haus. Erdgeschoß rechts, hinter der großen Glastür. Lassen Sie sich vom Portier aufsperren.

ISABELLA: Danke, Schwester!

Im Zimmer des Professors.

ISABELLA: Ich habe Frau Dr. Hofmann besucht, ich bin überrascht, weil es ihr so gut geht. Ich fürchtete, ein menschliches Wrack anzutreffen.

PROFESSOR: Ja, es geht ihr gut.

ISABELLA: Sie möchte gerne nach Hause. Wie lange muß sie noch hier bleiben, Herr Professor?

PROFESSOR: Nach Hause? — Hat sie denn noch ein Zuhause? Ihr Neffe wollte die Wohnung doch auflösen.

ISABELLA: Das finde ich unerhört!

PROFESSOR: Es ist belanglos. Frau Hofmann kann sowieso nicht in ihr Alleinsein entlassen werden, gleichgültig, wo es wäre. Sie würde in kurzer Zeit wieder dem Alkohol verfallen. Ohne psychische Stütze und ohne das Korsett eines streng geregelten Tagesablaufs wäre sie bald wieder verloren. Ob wir sie noch einmal aus einer so tiefen Krise herausholen könnten, weiß ich nicht.

ISABELLA: Heißt das, daß sie hier ihr Leben beschließen muß?

PROFESSOR: Ja.

ISABELLA: Schrecklich!

PROFESSOR: Sie täuschen sich. Frau Hofmann ist gerne hier. Sie ist intellektuell nicht zerstört, sagen wir, nicht s o zerstört, wie zu befürchten war, sie beginnt wieder zu lesen, blättert in der Zeitung, pflegt ihre Blumen, knüpft Kontakte, wird gesprächiger, sie fühlt sich geborgen und beschützt. Sie weiß, daß sie Schutz braucht. Natürlich ist sie noch nicht ganz hier eingewurzelt, deshalb redet sie von „Nach-Hause". Doch glauben Sie mir: sie zu entlassen, in ihr Alleinsein zu entlassen, käme ihrer endgültigen Zerstörung gleich.

ISABELLA: Sind Sie Ihrer Sache ganz sicher, Herr Professor?

PROFESSOR: Wer kann seiner selbst ganz sicher sein? — Ich tue, was ich meinem ärztlichen Gewissen schulde. — Wir können Frau Hofmann nicht sich selbst überlassen.

ISABELLA: Ich bin erschüttert über diese Nachricht.

PROFESSOR: Manchmal erscheint uns als Härte, was in Wahrheit Güte ist.

ISABELLA: Mag sein. Ich will darüber nachdenken. Ich danke für Ihr offenes Wort, Herr Professor.

PROFESSOR: Besuchen Sie Frau Hofmann nicht zu oft, um das Gleichmaß ihrer Tage und somit ihres Lebens nicht zu sehr zu stören, auf Wiedersehen!

Grenzbahnhof

Hörspiel von Margit Pflagner

Die Personen des Hörspiels:

Der Sprecher
Die junge Frau
Der alte Mann } eine Person
Dr. Andreas Barnay }
Mariechen, die junge Frau als Kind
Der Großvater
Vater } des alten Mannes
Mutter }
Frau Németh
Der Untersturmführer
Der Inspektor
Berger } eine Person
Aufseher }
Stimmen

MARGIT PFLAGNER

geboren 1914 in Bielitz, Studium der Germanistik, Romanistik und Zeitungswissenschaft, Lektorin und Journalistin in Wien und Eisenstadt, lebt heute als freie Schriftstellerin und freie Mitarbeiterin des ORF in Eisenstadt.

Hörspiele:

Grenzbahnhof / 1972
Die Herbergsucher / 1986 — Regie Hans Rochelt

Bücher:

Findling im Schilf — Jugendbuch
Streifzüge durch Westungarn
Eulenspiegel — Neufassung für Ueberreuter
Romanübersetzungen aus dem Französischen

Herausgeberin von:

Mein Heimatvolk, mein Heimatland
Begegnung mit dem Burgenland

1976 — Würdigungspreis für Literatur durch das Land Burgenland
1980 — Preis für Geisteswissenschaften der Burgenland-Stiftung Theodor Kery
1982 — Verleihung des Berufstitels Professor
1983 — Lyrikpreis der AWMM-Brügge

Veröffentlichungen in Zeitschriften und Anthologien in Österreich und vor allem in Deutschland

SPRECHER: Sind Sie schon einmal am Bahnhof einer fremden Stadt gestanden? Mitten im Rufen, Reden, im Lachen und Weinen von Menschen, die eine andre Sprache sprechen? Vor einem grauen Gebäude, zerfressen vom Ruß alter Dampfloks, die Bahnsteige überwölbt von staubigen Blechdächern, erfüllt vom Schnaufen berstend voller Bummelzüge? Züge, die alle in eine Richtung fahren — in der anderen ist die Welt zu Ende.
Denn dieser Bahnhof ist ein Grenzbahnhof, doppelt fremd und isoliert. Wie eine Wasserscheide steht er zwischen Ost und West. Hier enden alle Züge. Sie kommen an, sie stehen, warten. Sie fühlen sich nicht wohl als systemgetreue Staatseinrichtung, denn die Grenze lauert. Und gerne fahren sie zurück in ihren Alltag — nach Osten.
Doch halt, nein, e i n Zug kommt von jenseits, vom Westen, und fährt wieder dorthin zurück. Ein Abenteurer ist er, dieser Zug, denn täglich wagt er eine Fahrt in eine andre Welt.
Wie ein Fremdling steht er unter den Zügen, und seine Abteile sind nie überfüllt. Er muß draußen halten, vor der Station, dort bei dem kleinen Häuschen, das ein Gartenzaun mit ein paar Blumenbeeten harmlos einschließt. Die Reisenden sieht man dann zögernd durch den Eingang treten, einzeln kommen sie auf der andern Seite wieder heraus, jeder froh, wenn er das Gartentürchen hinter sich hat. Erwartung, Spannung, manchmal auch Angst steht in den Gesichtern. Weshalb sind sie gekommen? Was wird ihnen hier begegnen?
Grenzbahnhof — Umschlagplatz des Schicksals in unsrer Zeit; Treffpunkt von Menschen, die sich nie gesehen haben und die nicht wissen, daß sie einen langen Weg aufeinander zugehen mußten, um sich zu finden. Um w a s zu finden? Ein Zeichen vielleicht, das sie an-

rührt wie ein weisender Finger, ein Wort, das ein Bild wachruft in ihnen selbst.

Menschen! Menschen am Bahnhof. Da kommen sie an diesem späten Sommernachmittag: Arbeiter aus den Fabriken, Werkstudenten, Schüler — viele Schüler, von Lehrern durch die Museen der Stadt geführt. Gruppen, lebhaft miteinander redend, da und dort ein einzelner.

Und eine junge Frau — Fremdheit ist um sie, greifbar fast.

Über die Katzenköpfe des Bahnhofsplatzes schleppen sich ihre müden Füße, beinahe stolpernd.

Die Augen abwesend, tiefe Falten des Nachdenkens auf der Stirn. Wenig Gepäck — nur eine Handtasche. Sie hat sich also nicht lange aufgehalten in dieser Stadt. Sie läßt sich schieben von der Menge, betritt die Schalterhalle, wacht endlich auf und sieht sich hilflos um:

Schlagartiges Einsetzen der Geräusche einer Bahnhofshalle

JUNGE FRAU *(laut und nah):* Wo ist mein Zug? *(langsam und artikuliert)* Wo ist der Zug zur Grenze? Auf welchem Bahnsteig steht er, bitte? *(gehetzt)* Versteht hier niemand Deutsch? Ein junger Bahnbeamter — er zuckt die Achseln. Dort eine Gruppe Schüler — ich will's versuchen. *(langsam und deutlich)* Wo ist der Zug zur Grenze? Auf welchem Bahnsteig — kérem?

STIMMEN *(ungarische Worte durcheinander):* Nem, nem értem, tessék?

JUNGE FRAU: Was heißt nur Zug? Wo ist mein Wörterbuch?

ALTER MANN *(tiefe Stimme, langsam):* Stecken Sie ruhig Ihr Wörterbuch weg! Ich habe einen Hörapparat, der noch recht gut Deutsch versteht!

JUNGE FRAU: Sie sprechen Deutsch? Was für ein Glück, ein Zufall, Sie sprechen Deutsch! Die jungen Leute dort haben mich nicht verstanden.

ALTER MANN: Die jungen Leute, ja. Die sprechen nicht mehr deutsch. Die kommen alle aus dem tiefern Ungarn, seit die Sperre offen ist. Sie kommen und bestaunen unsre Stadt. Wie ein Museum! Sie ist's ja auch. Als wäre die Zeit hier stillgestanden. Die Häuser haben noch ihr altes Gesicht, es hat sich nichts geändert in diesen langen Jahren, seit die Stadt im toten Winkel an der Grenze liegt ...

JUNGE FRAU: Es hat sich nichts geändert, sagen Sie?

ALTER MANN: Was schwätz' ich da! Sie wollten doch etwas fragen?

JUNGE FRAU: Ja, wenn Sie mir Auskunft geben könnten?

ALTER MANN: Haha! Wer sonst, wenn nicht der alte András-bácsi! Jeden Tag bin ich am Bahnhof, schau zu, wie die Züge kommen und gehen ...

JUNGE FRAU: Dann können Sie mir sicher sagen, von welchem Bahnsteig mein Zug abfährt, der Zug zur Grenze!

ALTER MANN: Zur Grenze, ja. Ich hab' es Ihnen gleich angesehen, daß Sie von drüben kommen ... Von jenseits ... Touristik? Verzeihen Sie die Neugier eines alten Mannes!

JUNGE FRAU: Touristik? Nein — eigentlich nicht, was man hier drunter versteht. Ich wollte nur, ich hätte Sie getroffen vor meinem Gang durch diese fremde Stadt. Da hätte ich Sie fragen können. Nun muß ich wieder fort und hab' es nicht gesehen ...

ALTER MANN: Was wollten Sie denn sehen? Ein Museum? Eine Kirche? Ein bestimmtes Haus?

JUNGE FRAU: Richtig. Ein altes Haus ... ein Haus auf der Grabenrunde.

ALTER MANN: Die Grabenrunde heißt jetzt Lenim-körut.

JUNGE FRAU: Ich weiß.

ALTER MANN: Und haben Sie es nicht gefunden, Ihr Haus?

JUNGE FRAU: Weiß ich's? Vielleicht gibt es das gar nicht, was ich suche.

SPRECHER: Was sucht sie eigentlich, die junge Frau? Sie kann es selbst nicht genau sagen. Sie mußte einfach hierher fahren, getrieben von einer vagen Hoffnung ... Es hat Dinge gegeben in ihrem Leben, die dunkel geblieben und längst abgetan waren. Man hatte sich abfinden müssen mit der Tatsache. Und sie selbst ist ja noch ein Kind gewesen, damals ...
Doch manchmal gibt es einen Zufall, einen winzigen Anstoß, und Ereignisse fordern wieder ihr Recht, die man längst vergessen glaubte. Ein Zeichen kommt weit aus der Vergangenheit her, ein Wink, dem man sich nicht entziehen kann.
So ist es ihr gegangen, als sie etwas suchte unter altem, verstaubtem Kram. Ein Buch mit eng beschriebenen, verblaßten Seiten kam ihr in die Hand. Sie erkannte die Schrift ihres Großvaters. Seine Predigten? Denn er war Pfarrer gewesen. Und plötzlich ist das Gesicht wieder lebendig, das einmal über ihrer Kindheit stand, die vertraute Stimme spricht zu ihr, einzelne Bilder tauchen auf, Szenen, die sie einmal miterlebt hat, zusammenhanglos. Und als Schlußpunkt die Tatsache, daß er plötzlich fort war. Da fällt es wie eine Last auf sie: Wie war das nur? Eines Tages war dieses gute Gesicht aus ihrem Leben verschwunden. Man hat ihn abgeholt und fortgeführt. Und er blieb verschollen. Oft hat sie später

die Geschichte von der Großmutter gehört. Die alte Frau ist zugrunde gegangen daran. Und nun das Buch, die Spur ... Sie blättert — eine Adresse ist hier genannt, ein Name ... Das läßt sie nicht zur Ruhe kommen, bis sie sich auf den Weg macht in diese Stadt, jenseits der Grenze, eine Stadt, die lange Jahre nicht erreichbar war. Jetzt klammert sich die junge Frau an den Gedanken, daß sie das Haus hier finden muß und mit den Leuten sprechen ... Doch was erzählt sie das alles dem fremden alten Mann?

JUNGE FRAU *(seufzt):* Was red' ich da! Sie müssen mich für eine Fantastin halten?

ALTER MANN: Wie sollte ich! Sie wissen noch nicht, wer ich bin. Fragen Sie hier die Leute: Der András-bácsi? Ein alter Kauz, ein Sonderling. Wer steht mit der Vergangenheit auf so vertrautem Fuß wie ich, der Adrás-bácsi! Was glauben Sie wohl, was ich alle Tage am Bahnhof hier tu? Ich warte! Ich warte auf die Züge, die von jenseits kommen. Auf einen Menschen, der vielleicht einmal aussteigt und sagt: „So war es damals, alter Mann, nun warte nicht länger und find endlich deine Ruh ..." Doch dieser Reisende kommt niemals an. Aber Sie haben um Ihren Zug gefragt. Kommen Sie! Ich zeige Ihnen, wo er eingeschoben wird.

JUNGE FRAU: Ich danke Ihnen; das ist lieb, daß Sie sich so bemühen.

Sie gehen aus dem Lärm der Bahnhofshalle hinaus auf den Bahnsteig. Geräusche der Züge lauter und unmittelbarer

ALTER MANN: Sehen Sie, dort rechts, außerhalb des Bahnhofs, das Häuschen in einem Blumenbeet: Paß- und Zollkontrolle. Sie haben Zeit, dort gibt es kein Gedränge.

JUNGE FRAU: Danke. Es tut mir wirklich leid, daß wir uns erst jetzt begegnet sind. Nun muß ich schon wieder Abschied nehmen …

ALTER MANN: Warten Sie. Was sagt die Bahnhofsuhr? Sie meint, daß Sie noch eine gute Stunde Zeit haben. Darf ich Sie in meine Loge einladen?

JUNGE FRAU: Wie bitte?

Geräusche fern, Musikbrücke

ALTER MANN: Ja, in meine Loge. Dort draußen, jene Bank im Schatten. Ein Stück entfernt vom Trubel und doch nah genug. Dort sitzt der András-bácsi Tag für Tag. Er sieht die Züge einfahren und die Menschen kommen und gehen. Er hat schon viel gesehen … Szenen vom großen Welttheater: Trennung, Tränen, Angst und Abschied — mehr Schmerz als Freude. Nur die eine Szene, auf die er wartet, die wird nicht gespielt. Und doch sitz' ich hier nun 25 Jahre. Damals schon der András-bácsi, der Onkel Doktor, zu dem sie kamen mit allem, was ihnen weh tat. Und er versuchte zu helfen; *(mit Pathos)* denn: Edel sei der Mensch, hilfreich und gut. Nur für sich selber hatt' er kein Rezept, der Narr, der hier am Bahnhof stand und Fragen in die grauen Gesichter von Flüchtlingen warf. Er zitterte vor Uniformen, und doch fragte er auch sie, wenn sie aus den Zügen quollen. Aber Uniformen geben keine Antwort. Und schließlich kamen lange Zeit gar keine Züge mehr. Er saß und wartete.

Die Hoffnung ist ganz klein geworden in diesen langen Jahren, zusammengeschrumpft und boshaft wie eine alte Hexe … Manchmal kitzelt sie mich und kichert dann … hihi … da merk' ich, wie zäh ihr Leben ist. Was soll ich tun? *(mit ironischem Pathos)* Ich flücht' mich ins Erhabene vor der alten Vettel und deklamiere:

Hier sitz' ich, das Land der Griechen mit der Seele suchend ...

Geräusche wieder nah

JUNGE FRAU: Sie zitieren Goethe?

ALTER MANN: Wundert Sie das? Ich steh auf gutem Fuß mit ihm, der Herr Geheimrat hat mir einmal das Leben gerettet!

JUNGE FRAU: Das Leben gerettet? Johann Wolfgang von Goethe?

ALTER MANN: Freut mich, daß sie ihn so gut kennen! Das findet man heute selten bei den jungen Leuten. Und Sie sind doch noch jung! Viel zu jung, um zu verstehen ...

JUNGE FRAU: Ach, sagen Sie das nicht! Wenn Sie wüßten, mit welchem Kummer ich hierher gekommen bin! Wer ist schon jung und unbeschwert von uns allen, die wir im Krieg geboren sind! Er hat zu sehr in unser Leben eingegriffen. Aber Sie, András-bácsi, — darf ich so sagen? — Sie sprechen in Rätseln!

ALTER MANN: Ach, Rätsel! Sehen Sie, ich bin ein alter Schwätzer, fast taub, der immer nur zu sich selber spricht. Nun ist er froh, daß ihm einmal jemand zuhört. Noch dazu eine junge Frau, die aus dem gelobten Land kommt und vor der er sich als alter Kavalier aufspielen kann. Lassen Sie ihm die Freude. Er möchte ihr gerne helfen, der jungen Frau. Aber was sucht sie? Ein altes Haus auf der Grabenrunde. Ist das nicht merkwürdig? Viel rätselhafter als ich alter Mann?

JUNGE FRAU *(lachend):* Daran ist gar nichts rätselhaft! Das ganze Geheimnis trag ich hier in meiner Tasche. Da, sehen Sie?

ALTER MANN: Ein dickes Buch ... versperrt mit einem kleinen Schloß ... ein Kreuz ist eingeprägt ... hm, ja, das Zeichen des Kreuzes ... Ein Gebetbuch?

JUNGE FRAU: Das Tagebuch meines Großvaters, der Pfarrer war in Ulmen.

ALTER MANN *(betroffen):* In Ulmen, sagen Sie? Hab' ich recht verstanden? Hörapparat, hältst du mich nicht zum Narren?

JUNGE FRAU: Ja, Ulmen, kennen Sie denn die kleine Stadt?

ALTER MANN *(zögernd):* Dort in der Nähe gab es ein Dorf ... Straßdorf, nicht wahr?

JUNGE FRAU: Das gibt's auch heute noch — ein Bauernnest, gleich an der Grenze. Kroaten wohnen dort.

ALTER MANN: Kroaten ... Bauern ... ja, so war's auch damals, wie ich selbst noch ein Kind war. Welche Begegnung! Mein Gott ... Gott? Wie kommt mir dieser Name plötzlich auf die Lippen?

JUNGE FRAU: Sie fallen in Ihre alte Gewohnheit zurück und sprechen mit sich selber, András-bácsi!

ALTER MANN: Verzeihen Sie! Ihr Großvater war Pastor in Ulmen? In meiner Jugend war ich manchmal drüben, in dieser Gegend!

JUNGE FRAU: Sehen Sie, ich war früh Waise, mein Vater ist im Krieg gefallen ...

ALTER MANN: Ja, ja, der Krieg ... Wer von uns Alten hat ihm nicht seinen bittern Zoll entrichten müssen. Aber Sie? Als kleines Kind?

JUNGE FRAU: Von meinem Vater hab' ich nur ein Bild gekannt, über Großvaters Schreibtisch ist es gehangen. Ein unscharfes Foto, Schnappschuß von dem Augenblick, wie er nach seinem letzten Heimaturlaub an die

Front fährt: im Fenster eines Eisenbahnwaggons sein lachendes Gesicht unter einer Schiffchenmütze, verwegen schief aufs Ohr gesetzt. So jung, so voller Leben ... Und wenige Wochen später war er tot. Mir ist es immer unheimlich gewesen, dieses Bild, denn auf seiner Mütze trug er einen Totenkopf. Das war wie ein Zeichen.

ALTER MANN: Das Zeichen, unter dem damals viele jungen Menschen in den Tod gerannt sind ...

JUNGE FRAU: Es hat auch irgendeine Rolle gespielt, ich weiß es nicht mehr genau, als die Soldaten den Großvater holten.

ALTER MANN: Soldaten haben ihn geholt? Den Pfarrer? Welche Soldaten?

JUNGE FRAU: Ja, die Soldaten der Besatzungsmacht!

ALTER MANN: Und?

JUNGE FRAU: Sie haben ihn mitgenommen, und er ist nie mehr zurückgekommen.

SPRECHER: Die Geschichte, die der alte Mann zu hören bekommt, ist eine, die alltäglich war vor 25 Jahren; wie viele solche Schicksale sind damals an ihm vorbeigezogen! Und doch, was die junge Frau erzählt, geht ihm merkwürdig nahe. Ist's nur, weil er die kleine Stadt jenseits der Grenze gekannt hat, besser, als er zugeben will? Oder weil dieses Schicksal so ähnlich läuft mit einem, über dem er grübelt, rätselt, vergeblich, seit Jahren?

Er sieht das kleine Mädchen, Mariechen, das im Pfarrhaus aufwächst, weil es kein anderes Zuhause mehr hat: Der Vater ist gefallen, die Mutter kriegsdienstverpflichtet — das Kind sieht sie kaum — und bald findet sie einen andern Mann. Mariechen liebt den Großvater; er ist ihr Vater, Lehrer, alles. Auch seine kleine evangelische Gemeinde liebt und verehrt ihn. Wie ein guter Hirte wacht er über ihr; manche halten ihn für allzu gerecht und streng. Denn eines kann er nicht: Unrecht stillschweigend hinnehmen. Das macht ihn unbequem, suspekt für alle, die auf der Seite von Macht und Gewalt stehen. Und das wird auch sein Unglück: Die Besatzungsmacht der kleinen Stadt hat ihren Wein entdeckt — einen Wein mit weltberühmtem Namen. Man feiert, trinkt, und am Höhepunkt des Festes läßt man sich junge Mädchen holen. Niemand wagt aufzumucken, aber der Pfarrer geht in die Kommandantur und protestiert. Sie haben ihn verspottet und hinausgeworfen. Aber eine Stunde später kommen Soldaten und durchsuchen das Pfarrhaus. Das Bild des Sohnes in der Uniform der Waffen-SS ist Anlaß, den Pfarrer mitzunehmen. Mit einem Transport geht er über die Grenze — das ist alles, was man erfährt.

JUNGE FRAU: In dieser Stadt hier ist er zuletzt gesehen worden. Dann nie mehr ein Wort, kein Zeichen, nichts.

ALTER MANN: Verschleppt, verschollen. Das kenne ich. Aber was wollen Sie jetzt noch tun nach so vielen Jahren?

JUNGE FRAU: Hier in diesem Buch habe ich etwas gefunden, was vielleicht ein Hinweis sein könnte. Seine Familie stammte aus dieser Stadt. Gleich auf den ersten Seiten stoße ich nun auf eine Adresse, finde ein Bild — hier!

ALTER MANN: Lassen Sie sehen!

JUNGE FRAU: Mit Bruder und Schwester sitzt er auf der Steinbank in einer tiefen Nische unter dem Tor — hier, sehen Sie! Dieses Haus hab' ich gesucht, vielleicht konnte er hierher eine Nachricht schicken ...

ALTER MANN: Das also war sein Vaterhaus?

JUNGE FRAU: Sie kennen es?

ALTER MANN: Ich hätte Sie hinführen können. Die Fassade ist renoviert, deshalb haben Sie es nicht wiedererkannt. Aber in der Toreinfahrt steht sie noch, die Steinbank.

JUNGE FRAU: Und die alten Leute?

ALTER MANN: Von der Familie lebt niemand mehr. Aber ich habe sie einmal gut gekannt, als Arzt, als Mensch. So hieß also Ihr Großvater!

JUNGE FRAU: Welch seltsame Fügung, daß ich Sie hier treffen muß!

ALTER MANN: Vielleicht seltsamer noch, als Sie ahnen. Mir kommt so vor, als hätte mein Vater den Namen Ihres Großvaters manchmal genannt.

JUNGE FRAU: Ihr Vater? Wie ist das möglich?

ALTER MANN: Ich bin in Straßdorf geboren.

JUNGE FRAU: Das sagen Sie erst jetzt?

ALTER MANN: Ich habe gelernt, es zu vergessen.

JUNGE FRAU: Wie kann man vergessen, wo man zu Hause ist!

ALTER MANN: Zu Hause? Wann ist das gewesen? Ein schwarzer, leerer Raum ist mein Zuhause.

SPRECHER: Ein Dorf holt er aus den Tiefen seiner Erinnerung hervor, der alte Mann, das Dorf der Kindheit, längst versunken und immer verschwiegen. Giebelhäuser laufen in endloser Zeile eine Dorfstraße lang. Ein weißgetünchtes Haus, am Tor das Schild des Arztes. Der ärmliche, kahle Raum — das ist die Ordination seines Vaters. Notjahre damals nach dem ersten großen Krieg, die alte Ordnung zerschlagen, ein armes kleines Land versucht zu existieren. Erhungert hatte er sich sein Studium, der kleine jüdische Student, dann, Idealist, der er ist, sieht er: dort in den Dörfern an der Grenze fehlt's an Ärzten. Freiwillig kommt er, wohin keiner gehen will. Aber die Leute dort wollen sich gar nicht helfen lassen. Nicht nur das Mißtrauen gegen den Zugereisten steht im Wege — er hat einfach ihre Sprache nicht verstanden. Da verordnet der Arzt sich selbst seine erste Kur: ein Lehrbuch der kroatischen Sprache. Die Bauern haben dann nicht wenig gestaunt über das Kroatisch, das ihr neuer Doktor sprach! Seine Hilfe wollten sie dennoch nicht; er sei kein Christ, hieß es. Bis dann die Agica in letzter Not mit ihrem brandigen Finger zu ihm kam und er sie retten konnte vor einer Blutvergiftung. Und die junge, blonde, sanfte Agica, Tochter des größten Bauern, hat ihn zum Mann genommen, den zugereisten Doktor., Eine große Hochzeit gab's, und alles war so, wie sich's gehörte im Kroatendorf. Mit der Sprache ist es dann rasch besser geworden, und die Dorfleute kamen gern zu ihrem Doktor …

ALTER MANN: … denn meine Mutter war gut katholisch.

JUNGE FRAU: Eine Bauerntochter aus Straßdorf war Ihre Mutter?

ALTER MANN: Meine gute Mutter, ja, sie liegt dort begraben.

JUNGE FRAU: Und Sie sind in Straßdorf aufgewachsen?

SPRECHER: Der kleine Andi ist dort aufgewachsen und in die Schule gegangen. In eine einklassige Dorfschule,

und jeden Tag hatten die Kinder Religion: biblische Geschichte, Katechismus, Kirchenlied. Aber zu Hause, bei Andis Vater, da gab es Bücher. Er sieht sie noch vor sich, der alte Mann, die lange Reihe von Goethes Werken in einer schönen Ausgabe, schmale, braune Lederrücken mit Goldprägung. Und wenn der Dorfarzt einmal eine ruhige Abendstunde fand, hat er darin gelesen. Das war die Quelle, aus der er immer wieder seine Kraft geschöpft hat. Die blonde Agica konnte ihr Mißtrauen nie ganz überwinden gegen die Bücher, die ihrem Mann so viel bedeuteten.
Sie saß mit Andi in der Küche, wenn er die Schulaufgaben machte, und prüfte ihn den Katechismus ab. Eines war ihr großer Wunsch: daß ihr Andi, der Beste in der Schule, einmal Pfarrer werden sollte. Dann kam es vor, daß der Doktor, das Buch in der Hand, in die Küche kam, weil er seine Gedanken einfach nicht mehr bei sich behalten konnte:

VATER: Na, meine Lieben, seid ihr wieder über eurer biblischen Geschichte? Ich weiß etwas anderes, hört zu, ihr beiden, hört, wie das klingt:

Die Sonne tönt, nach alter Weise,
in Brudersphären Wettgesang,
und ihre vorgeschriebne Reise
vollendet sie mit Donnergang ...

MUTTER: Was ist das? Ein Psalm? Oder aus der Schöpfungsgeschichte?

VATER: Auch ein Stück Schöpfungsgeschichte, ja, aber wie sie Goethe gesehen hat.

MUTTER: Versündige dich nicht, Doktor, was hat das mit Religion zu tun?

VATER: Meine gute Agica, du stellst die alte Gretchenfrage! Was das mit Religion zu tun hat?

MUTTER: Still, bring mir den Buben nicht durcheinander! Er soll doch ins Priesterseminar! Der Herr Pfarrer hat gesagt, der Andi hätt' einen guten Kopf dazu, er wird ihn empfehlen.

VATER: Laß nur, Agica, unser Sohn soll das werden, was er selbst gern werden möchte. Wir wollen ihn schon studieren lassen, auch ohne den Herrn Pfarrer ... Und, Bub, das versprech ich dir: Kommt einmal der Tag, an dem du von daheim fort und an die Universität gehst, dann schenk ich dir meinen Faust. Er soll dich begleiten und dir eine Hilfe sein, so wie er deinem Vater stets geholfen hat.

MUTTER: Wenn du fortgehst, Andi, und der Vater gibt dir von seinen Büchern das liebste, das er hat, dann sollst du von deiner Mutter auch einen Schutz und Segen mitbekommen. Schau: mein silbernes Kreuz schenk' ich dir, es ist in Maria Loretto geweiht — die Gnadenmutter wird dich behüten, solang du es in Ehren hältst!

Musikbrücke

ALTER MANN: Seltsame Visionen für einen alten Mann, der längst nicht mehr an Gott glaubt, was?

JUNGE FRAU: Nicht diese Ironie! Die Frömmigkeit Ihrer Mutter ist rührend echt, wie konnten Sie sich von ihr lossagen?

ALTER MANN: Nicht ich hab' mich losgesagt — es hat mich abgetrennt. Zwar war's noch ein langer Weg, doch er hat unausweichlich hingeführt. Sehen Sie, die beiden haben mich immer begleitet, das kleine Kreuz der Mutter und der Faust des Vaters. Der alte Goethe hat mich nie im Stich gelassen, das Kreuz aber ... ach Gott!

JUNGE FRAU: Ich beginne zu begreifen. Ihr Verhältnis zu

Goethe, das war so gewissermaßen — symbolisch zu verstehen!

ALTER MANN: Daß er mir das Leben gerettet hat? Aber nein, wortwörtlich!

JUNGE FRAU: Wortwörtlich?

ALTER MANN: Hören Sie zu!

Musikbrücke

SPRECHER: Der junge Andreas Barnay — das war der Bub aus dem Kroatendorf — hat Medizin studiert und ist durch die berühmte Wiener Schule gegangen. Begabt, ehrgeizig, geschickt ist er bald Assistent eines bekannten Chirurgen. Eine glänzende Laufbahn liegt vor ihm, sein Glück scheint vollkommen, als er die Tochter des großen Arztes zur Frau bekommt.

Was ist der Mensch, was gilt sein Tun und Streben, wenn Schicksalsjahre zu rollen beginnen? Kann ein kleines silbernes Kreuz sie aufhalten.
Der große Chirurg, Wiener Jude, versteht die Zeichen der Zeit, in den dreißiger Jahren folgt er einem Ruf nach Amerika. Er warnt die Jungen, er beschwört sie, zu emigrieren, der Lawine von Haß auszuweichen, die er kommen sieht. Sie bleiben. Erst im Jahre 1938, als auch in Wien die Judenverfolgung beginnt, fliehen sie überstürzt nach Budapest, der Doktor, die junge Frau und ihr kleiner Sohn Endi. Ein paar Jahre noch sind ihnen vergönnt, Kriegsjahre in ständiger Angst, dann ist es über sie hereingebrochen ... Damals, im Oktober 1944 ... Zuerst hat man den Doktor geholt — mit vielen Leidensgenossen vegetiert er in einem Massengefängnis. Und hier vollzieht sich das Wunder des alten Goethe: Der Prolog im Himmel läßt die Gefangenen ihre Hölle vergessen.

Musikbrücke

Hallende Schritte einer auf und ab gehenden Wache. Gedämpft: Eine Stimme deklamiert, viele Stimmen wiederholen
Deklamierende Stimme kommt näher

DR. BARNAY: Und schnell und unbegreiflich schnelle
dreht sich umher der Erde Pracht;
es wechselt Paradieseshelle
mit tiefer schauervoller Nacht;

STIMMEN *(wiederholen die Strophe)*

DR. BARNAY *(gesteigert):*
Dein Anblick gibt den Engeln Stärke,
da keiner dich ergründen mag …

STIMMEN *(wiederholen)*

Gleichzeitig: Schritte, Hakenzusammenknallen

UNTERSTURMFÜHRER: Was ist da los?

SPRECHER: Während der Wachhabende meldet, daß die Juden im Gefängnis ihren Talmud beten, deklamiert Dr. Barnay weiter. Er hat nichts bemerkt, denn man hat ihn geschlagen, daß er sein Gehör verlor.

DR. BARNAY *(mit Überzeugungskraft)*
Und alle deine hohen Werke
sind herrlich wie am ersten Tag.

STIMMEN *(wiederholen)*

UNTERSTURMFÜHRER: Den Talmud? Idiot! Das ist Goethes Faust! Aufschließen!

Ein Schloß wird aufgesperrt, eine Tür geöffnet, wiederholende Stimmen ganz nah, verstummen nacheinander. Nur eine Einzelstimme spricht weiter

DR. BARNAY: … sind herrlich wie am ersten Tag …

UNTERSTURMFÜHRER *(laut):* Wer ist der Mann?

DR. BARNAY: Wer? Ich? Dr. Andreas Barnay ist mein Name.

UNTERSTURMFÜHRER: Doktor? Was für'n Doktor denn?

DR. BARNAY: Arzt, Herr Untersturmführer, Chirurg am Städtischen Krankenhaus.

UNTERSTURMFÜHRER: Chirurg. So. Hm. *(Zur Wache)* Ich bin in der Schreibstube. Bringt mir den Mann!

SPRECHER: Dr. Barnay weiß nicht, was er verbrochen hat. Gedemütigt, geschlagen, verzweifelt hat er Zuflucht zu seinem Goethe genommen. Er tut, was ihm der Augenblick eingibt: Er spricht seinen Leidensgefährten vor, um sie von ihrem Elend abzulenken. Sie sprechen im Chor nach, es klingt wie ein Gebet. War das sein Verbrechen?
Der Wachtposten stößt ihn einen langen Gang vor sich her, laut schimpfend, denn er kann ihm den Idioten nicht verzeihen, den der Doktor ihm eingebracht hat. Die Maschinenpistole im Rücken — ein Bündel Angst ist der Mensch — geht er seinem Todesurteil entgegen? Und merkwürdig: Die zitternden Lippen deklamieren lautlos weiter: Und alle deine hohen Werke ... sind herrlich ... sind herrlich ... sind herrlich ... Wie ein Grammophon, das steckengeblieben ist.
Dann geht eine Tür auf — der Mensch, der Angst hat, steht vor dem andern Menschen, der Macht hat. Ein junger Untersturmführer der SS. Früher vielleicht Student gewesen. In einer Art Büro sitzt er an seinem Tisch. Die Mütze mit dem Totenkopfzeichen hat er abgelegt. Man sieht, wie jung sein Gesicht ist. Jung und müde ... voll Trauer und Überdruß ...

Musikbrücke

UNTERSTURMFÜHRER: Treten Sie näher, Doktor ... Barnay, sagten Sie?

DR. BARNAY: Zu Befehl.

UNTERSTURMFÜHRER: Ich befehle Ihnen nichts. Ich will Sie etwas fragen.

DR. BARNAY: Bitte.

UNTERSTURMFÜHRER: Eines begreife ich nicht ... Wie kommen Sie darauf ... ich meine — wieso haben Sie dort in der Zelle den Prolog im Himmel rezitiert?

DR. BARNAY: Verzeihung! Ich habe nicht bemerkt, daß Sie kamen. Mein Gehör ist schlecht.

UNTERSTURMFÜHRER: Sie sollen sich nicht entschuldigen! Ich möchte bloß wissen, wie ein Mensch in Ihrer Situation noch an Goethe denken kann!

DR. BARNAY: An Goethe denken? Aber nein! Ich muß nicht erst an ihn denken, er ist in mir. Niemand hat ihn mir nehmen können!

UNTERSTURMFÜHRER: Interessant. Sie sprechen gut deutsch. Woher kommen Sie?

DR. BARNAY: Ich bin in einem Dorf jenseits der Grenze geboren.

UNTERSTURMFÜHRER: In einem Dorf? Der Vater war Handelsjud, was? Hausierer? *(spottet nach)* Fetzen, Lumpen, Hasenhäutl!

DR. BARNAY *(sehr reserviert):* Mein Vater war Arzt.

UNTERSTURMFÜHRER *(nach einem Schweigen):* So. Landarzt also. In einem ostmärkischen Dorf. *(Wieder spöttisch)* Und die Mutter hat Sie dort mit Goethe aufgezogen?

DR. BARNAY: Meine Mutter war eine einfache Frau. Tochter eines kroatischen Bauern.

UNTERSTURMFÜHRER: Kroatin? Hm. Gute Rasse. Sie sind also ... Mischling ersten Grades?

DR. BARNAY: Wenn Sie es so nennen wollen ...

Untersturmführer steht auf, Schritte auf und ab. Pause, dann in sachlichem, aber freundlichen Ton:

UNTERSTURMFÜHRER: Wir brauchen dringend Ärzte. Sie werden sofort zum Lazarettdienst eingeteilt.

DR. BARNAY: Danke. Ich danke Ihnen. Ich weiß, was das heißt. Das bedeutet das Leben ...

UNTERSTURMFÜHRER: Sie brauchen mir nicht zu danken. Ich halte mich an die Vorschrift.

DR. BARNAY: Aber mehr als um mein eigenes Leben sorge ich mich ...

UNTERSTURMFÜHRER: Halt. Sprechen Sie nicht weiter. Mehr kann ich nicht tun.

DR. BARNAY: Sie reichen einem Verschmachtenden ein Glas Wasser. Das rettet ihm das Leben. Aber er möchte noch einen Schluck ... und noch einen ...

UNTERSTURMFÜHRER: Was wollen Sie?

DR. BARNAY: Ich habe eine Frau und einen Sohn ...

UNTERSTURMFÜHRER: Das geht mich nichts an.

DR. BARNAY *(drängend):* Was ist aus ihnen geworden?

UNTERSTURMFÜHRER: Das weiß ich nicht!

DR. BARNAY: Aber Sie könnten es wissen ... Verzeihung! Haben Sie nicht Familie? Eine Mutter? Oder ein Mädchen, das Sie lieben?

UNTERSTURMFÜHRER *(zögernd):* Es sind Transporte abgegangen ... Frauen und junge Leute, die noch arbeiten können. An der Grenze des Reiches werden Schanzen gebaut. Mehr kann ich Ihnen nicht sagen.

Musikbrücke

ALTER MANN: Ja. So ist es gewesen. Und wenn ich hier so sitze, dann denke ich immer noch darüber nach, wie das alles aus e i n e r Wurzel kommen kann: der Prolog im Himmel, die Hölle des Haßes, der Augenblick der Menschlichkeit bei einem blutjungen SS-Mann. Aus der Wurzel e i n e s Volkes.

JUNGE FRAU: Denken Sie nicht darüber nach! Es war eine wunderbare Errettung.

ALTER MANN: Die ich dem alten Geheimrat verdanke — oder glauben Sie nicht? Na sehen Sie! Und nicht dem silbernen Kreuzchen. Das habe ich damals übrigens nicht mehr getragen. Ich hatte es mit seiner Kette meinem Sohn um den Hals gelegt. Es hat ihn nicht beschützen können.

JUNGE FRAU: Und was ist aus Ihrer Familie geworden?

SPRECHER: Von nun an besteht das Leben des Dr. Barnay aus Angst und Hoffen. Zunächst kann er nichts tun als fragen. Im Lazarett. Leute, die vielleicht etwas wissen konnten. Aber die sprachen nicht. Und die Situation wurde unheimlicher, grotesk. Das Lazarett war auf der Flucht, immer weiter nach Westen, wenn die Front näher kam. Er mußte mitwandern. In einer österreichischen Stadt an der Donau wurden sie von den Russen überrollt. Der verschleppte Arzt war frei.
Und nun begann seine große Irrfahrt. Eine wahre Odyssee. Den Weg zurück durch das Chaos des Kriegsendes. Gegen den Strom der russischen Besatzungstruppen. Sein Kroatisch kam ihm zugute, es war wie ein

Paß, der ihn durch Zonen und über Demarkationslinien schleuste.
In allen Flüchtlingslagern hat er gesucht, seine Frau, seinen Endi ... in Österreich, in Ungarn, diesseits und jenseits der Grenze, solange sie noch offen war. Vergeblich. Es gab keine Spur. Nie mehr hat er von ihnen gehört. Nie mehr? Jahre später, nach vielen vergeblichen Aufrufen durch das Rote Kreuz, hat sich eine Frau gemeldet, die selbst den Transport zu den Schanzarbeiten mitgemacht hatte. Eine Frau Ilona Németh aus Budapest — sie konnte sich an eine Frau Barnay und ihren Sohn erinnern.

Musikbrücke

FRAU NÉMETH: Németh Ilona, geboren in Budapest, 53 Jahre alt. Barnay, ja. Der Name ist mir bekannt. Ich war mit einer Frau Barnay aus Budapest beisammen, ob sie Magda geheißen hat, weiß ich nicht. Ja, ein Bub war auch dabei, Andreas, so um die Sechzehn herum, Endi hat sie ihn gerufen, ihr Sohn war es, ja.
Wir haben uns damals schon getroffen, an dem Tag, an dem sie die Juden von Budapest aus den Häusern getrieben haben, zur Donau hinunter, über die Straße, die jetzt Mártirok heißt.
Wir sind beisammen geblieben, den ganzen langen Elendsweg, zweihundert Kilometer. Herr, zu Fuß von Budapest bis zur österreichischen Grenze ... im kalten Oktoberregen, Frauen und Kinder ... Es gibt viele Barnay, meinen Sie, Herr? Ob ich mich nicht irren könnte nach dieser langen Zeit? Nein, ich irre mich nicht. Da war nämlich etwas, das ist mir im Gedächtnis geblieben, das seh ich noch vor mir, als wär es gestern gewesen. Ist es nicht merkwürdig, Herr, wenn ein Junge, den sie als Juden austreiben, ein Kreuz um den Hals

trägt? Ein kleines, altmodisches, silbernes Kreuzchen. Die Kette hat einer von unseren Treibern an seinem Nacken gesehen und hat sie ihm heruntergerissen. Seine Mutter und ich, wir haben den Jungen an den Armen festhalten müssen, daß er nicht losgegangen ist auf den Kerl; ein hübscher Junge war es, stolz, und seine Augen haben gefunkelt vor Zorn. Wie wir dann weitergewandert sind, hat er plötzlich ein bißchen gelacht, nur so um die Mundwikel. „Anyóka", sagt er dann leise, aber seine Stimme war voller Triumph, „ich hab's noch!" Und er macht die Faust auf und zeigt das Kreuzchen. Er hat es dann an einem langen Faden auf der Brust getragen.

SPRECHER: Dr. Barnay erhielt also eine amtliche Mitteilung, daß seine Frau und sein Sohn sich mutmaßlich unter den Juden befanden, die Ende Oktober 1944 aus Budapest in Richtung österreichische Grenze in Marsch gesetzt wurden. Etwa eine Woche lang waren sie unterwegs gewesen, wie sich Frau Németh erinnerte, und sie hatten sich gegenseitig beigestanden in ihrer Not, denn nur so konnten sie hoffen, zu überleben. Ziel war ein Auffanglager bei Ödenburg gewesen. Dort waren schon viele, und sie litten Hunger und Kälte. Dort wurden sie eingeteilt und an verschiedene Abschnitte des Südostwalls zu den Schanzarbeiten verschickt. Hier haben sie sich aus den Augen verloren. Frau Barnay und ihr Sohn kamen an einen anderen Abschnitt, und Frau Németh hat nie wieder von ihnen gehört.

Musikbrücke

ALTER MANN: Das war alles, was ich erfahren konnte. Und doch war es viel: das silberne Kreuz meiner Mutter! Es hat mir die Gewißheit gegeben, daß es tatsächlich Magda und Endi waren, an die sich jene Frau erinnern konnte. Daß sie den Todesmarsch mitgemacht haben und lebend bis in diese Stadt gekommen sind.

JUNGE FRAU *(versonnen):* Diese Stadt, in die ich als Fremde kam, um eine Spur zu finden, die vor zwanzig Jahren vielleicht noch frisch gewesen wäre und die ich jetzt vergeblich suche ... *(lebhaft)* András-bácsi, wie viele Fäden gibt's da plötzlich, die sich hier verknüpfen! Auch mein Großvater war in einem Lager bei Ödenburg, bevor er für immer verschwunden ist!

ALTER MANN: Ja, viele Fäden, ich weiß, sie sind da, und immer wieder hab' ich versucht, ein Ende aufzugreifen — es ist mir nicht gelungen.

JUNGE FRAU: Woran sind Sie gescheitert?

ALTER MANN: Diesseits an der Mauer von Schweigen — jenseits an der grausamen Grenze, die sich nicht überschreiten ließ. Denn hinter dieser Grenze wurde damals der Wall gebaut, an dem sie roboten mußten. Hätte ich dort nachforschen können! Am Südostwall selbst! Ein Panzergraben als letztes Bollwerk des Reiches! Haha! Erde und Holz gegen russische Panzer!

JUNGE FRAU: Südostwall sagen Sie? Ein Panzergraben? Die Worte wecken eine dunkle Erinnerung in mir. Ich sehe den Graben — wie eine schmale, tief eingeschnittene Straße zieht er sich durch den Lehm der Weinberge. Spätherbst war es, kalt, es hatte geregnet. Menschen standen bis zu den Knöcheln im trüben, eisigen Wasser. Menschen? Elendsgestalten, mager, zerlumpt und mit hohlen Gesichtern. Und sie stachen den Spaten in den zähen, gelben Brei und hoben eine Schaufel voll heraus, immer wieder eine Schaufel voll, unzählige Schaufeln voll ... Manchmal fiel einer von ihnen um, dann war eine grobe Stimme da, eine Faust, die ihn hochriß. Ich hab' es gesehn ... ich hatte Angst und ich klammerte mich an eine Hand, eine gute, schützende Hand — die Hand meines Großvaters ...

Musikbrücke

Am Panzergraben

MARIECHEN: Großvater, ist es noch weit?

GROSSVATER: Gleich sind wir da, Mariechen, ein Stückchen noch, schau, dort drüben ist schon der Graben!

MARIECHEN: Sind auch die armen Frauen wieder da?

GROSSVATER: Freilich, jeden Tag sind sie dort, denn sie müssen ja arbeiten, damit der Graben immer länger wird.

MARIECHEN: Darf ich der armen freundlichen Frau meinen Apfel schenken?

GROSSVATER: Den Apfel und ein Stück Brot und alles, was wir da im Rucksack haben.

MARIECHEN: Großvater, wird der Mann dort nicht schimpfen?

GROSSVATER: Nein, Kind, der Mann, der heute dort ist, das ist doch der Onkel Berger, den kennst du ja!

MARIECHEN: Aber nein, dort ist noch ein anderer Mann, schau doch, Großvater!

GROSSVATER: Tatsächlich — ein Fremder in Uniform! Du hast bessere Augen als ich, Kind! Wohin jetzt? Da kommt er gelaufen, der Onkel Berger, und macht mir Zeichen!

BERGER *(atemlos, heimlich):* Herr Pfarrer, Inspektion ist da! Kehren Sie um! Heute geht's nicht! Verschwinden Sie mit dem Kind!

GROSSVATER: Zu spät. Er hat uns schon bemerkt. Berger, du weißt, ich geh hier nur spazieren mit der Kleinen!

INSPEKTOR: Was ist denn da los? Was will der Mann mit dem Kind? He, Sie! Wissen Sie nicht, daß das Betreten des Geländes verboten ist?

GROSSVATER: Wir machen nur einen kleinen Spaziergang.

INSPEKTOR: Spaziergang? Lebt der Mann auf dem Mond?

BERGER *(hastig):* Das ist der Herr Pfarrer mit seinem Enkelkind.

INSPEKTOR: Pfarrer? Um so schlimmer! Was hat der hier herumzuschnüffeln? Na, Kleine, komm mal her zu dem Onkel! Wie heißt du denn?

MARIECHEN: Mariechen.

INSPEKTOR: Und kannst du auch schön grüßen?

MARIECHEN: Grüß Gott!

INSPEKTOR: Na, na, na! Wie grüßt denn ein deutsches Mädel?

MARIECHEN: Heil Hitler!

INSPEKTOR: So ist's brav! Und weil du so blond bist — guck mal, was ich da habe! Na? Ist das Schokolade? Wie sagt man denn?

MARIECHEN: Bitte! Danke! — Großvater, darf ich die Schokolade auch der armen Frau schenken?

GROSSVATER: Komm, Mariechen, wir müssen weiter!

INSPEKTOR: Welcher Frau?

MARIECHEN: Dort ... dort steht sie, sie hat immer Hunger.

INSPEKTOR: Hab' ich dich jetzt, alter Rabe! Sieh mal an, der Herr Pastor! Packelt mit den Juden! Und will auch noch das Kind verhetzen!

GROSSVATER *(stark):* Verhetzen? Nicht früh genug kann man die Augen öffnen für des Nächsten Not, für das Unrecht, das hier geschieht! Jeder Arme und mit Mühsal Beladne soll dein Bruder sein, hat Christus gesagt!

INSPEKTOR: Hoffentlich hilft er dir auch, wenn du das verantworten mußt, Leisetreter!

Musikbrücke

ALTER MANN: Von Frauen sprechen Sie? Von jüdischen Frauen, die am Panzergraben schanzten? Erinnern Sie sich noch: Wo war dieser Panzergraben?

JUNGE FRAU: Das kann ich Ihnen ganz genau sagen: Vor Ulmen, in den Weinbergen, dort wo die Straße zum Zollhaus abzweigt und eine Tafel steht: vier Kilometer zur Staatsgrenze. Man kann die Stelle jetzt noch finden, dort war einmal ein schöner, lichter Eichenwald. Man hat ihn damals abgeholzt; Gestrüpp hat die Wurzelstöcke überwuchert, jetzt ist dort ein verwilderter Schlag, von allen Leute gemieden, denn die Grenze ist nah — Stacheldraht und Minen ... Sie wissen!

ALTER MANN: Wo die Straße zum Zollhaus abzweigt, vier Kilometer vor der Grenze ... Und wohin führt sie weiter, diese Straße?

JUNGE FRAU: Ja, damals war für mich die Welt zu Ende bei dieser Tafel. Mit meinen müden Füßchen trippelte ich den langen Schritten des Großvaters nach, weite Strecken, die immer irgendwie zum Graben führten. Denn „Spazierengehen mit dem Kind" — das war sein Vorwand, sich den Gefangenen zu nähern. Und jetzt — wenn ich mir's recht überlege, muß es die Straße sein, die von Norden her zu dieser Stadt führt ...

ALTER MANN: Nach Ödenburg?

JUNGE FRAU: Ja, es war von dort nicht weit nach Ödenburg. Ich hör den Namen noch in meinen Ohren klingen und seh das Bild vor mir ...

ALTER MANN: Was sehen Sie? Ich beschwöre Sie: Sehen Sie noch etwas?

Musikbrücke

JUNGE FRAU: Verschwommen ... fern. Doch ja, da rückt es näher, jetzt, wenn ich versuche, tief in die dunklen Schluchten frühester Erinnerungen hinabzuschaun. Da war der Panzergraben ... Ich meine jetzt nicht den Einschnitt in die Erde, an dem die armen Menschen winzig wie Ameisen gruben und schaufelten — ihr eigenes großes Grab. Nein, allein das Wort schon „Panzergraben", das lag wie eine schwere, schwarze Wolke über der Stadt. Drohendes Unheil, immer wieder Ursache zu Angst und Unruhe, zu Flüstern von Mund zu Mund, zu ohnmächtigem Fäusteballen, zu Helfenwollen und nicht können, zur Weckung aller üblen Instinkte, manchmal auch zur Denunziation ... ja, bis zum Tod. Ich sehe ihn, den Großvater, wie er heimkam, müde und mutlos, wenn er versucht hatte, zu helfen und seinen Pfarrkindern den rechten Weg zu weisen. Selbst bespitzelt und immer in Gefahr ... Dann ging er in sein Zimmer, und seine Schritte liefen hin und her und auf und ab, ruhelos, und manchmal konnte man ihn stöhnen hören.

Dann einmal war es ganz still. Ich stand vor der Tür und sollte ihn zum Nachtmahl rufen. Ich wagte es nicht. Es war überall so finster.
Endlich drücke ich die Klinke nieder und steck den Kopf zur Tür hinein: Da ist der helle Kreis der Schreibtischlampe, und er sitzt dort, die Stirn schwer in die eine Hand gestützt, so schreibt er in einem Buch. Er sieht

nicht auf und hört mich nicht. Ich mache ein paar Schritte zu ihm hin:
„Großvater, du sollst essen kommen!"
Er sieht mich lange an, dann sagt er: „Geh, Mariechen, sag der Großmutter, ich esse heute nicht mit euch. Mir steht ein weiter Weg bevor — vielleicht komm ich nicht mehr zurück."
Er hebt das Buch hoch, als ob er es mir zeigen wollte ...

Musikbrücke

JUNGE FRAU: Ich sah den Einband mit dem Kreuz ... Oh Gott, erst jetzt wird mir bewußt — es war ja dieses Buch hier, das Buch, das mich in diese Stadt geführt hat!

ALTER MANN: Und haben Sie gelesen, was er damals geschrieben hat?

JUNGE FRAU: Gelesen hab' ich's wohl, doch hab' ich's bis jetzt nicht recht verstanden.

ALTER MANN: Sie erinnern sich nicht mehr, was jener Tag zu bedeuten hatte, als Sie ihn so an seinem Schreibtisch fanden?

JUNGE FRAU: Ich war ein Kind — Doch warten Sie, ich glaube, jetzt hab' ich ein Ende des Fadens — vielleicht wird er mich weiterführen. Aus dem Dunkel kommt das nächste Bild: Ich sehe mich an jenem Abend in meinem Gitterbettchen, die Großmutter sitzt neben mir, wir haben kein Licht gemacht, denn das Fenster ist einen Spalt breit offen. So merkwürdig ist alles: totenstill und doch voll Unruhe. Es lauert etwas draußen auf der Straße, hinter den Häusern, unter dem Himmel, der wie ein schwarzes Zelt die Stadt, das Weingebirg, den Panzergraben umspannt. Und uns niederdrückt, daß wir kaum Atem holen können. Erst über dem Zelt —

vielleicht — sind die Sterne ... Dann Schritte auf der Straße. Sie kommen von rechts, von links und treffen sich gerade unter unserem Fenster. Stimmen ...

SPRECHER: Stimmen unter dem Fenster. Im Dunkeln sitzen sie und lauschen, das Kind, die Großmutter. Erst flüstern die beiden Männer draußen, wahrscheinlich ist's gefährlich und darf nicht laut ausgesprochen werden, was sie sich zu sagen haben. Sie sind verschiedener Meinung, sie steigern sich in ihren Disput hinein, die Stimmen werden lauter.

Denn es ist etwas Unerhörtes vorgefallen an diesem Tag. Am Panzergraben draußen. Schüsse hat man gehört, bis in die Stadt hinein, bis in die angstvoll lauschenden Herzen. Wem haben sie gegolten? Wer war dabei? Pst! Nur nicht laut darüber reden!

Du warst doch draußen am Graben, sag, was war? Eine Frau? Eine Frau und ihr Sohn sind erschossen worden? Von wem? Von dem fremden Inspektor, den man uns hergesetzt hat als Aufsicht beim Grabenbau. Er hat einfach zwei Menschen niedergeschossen? Menschen? Von den ungarischen Juden, die draußen schanzen. Sind das keine Menschen? Der Pfarrer, ja, der Pfarrer ist dazugekommen. Vor den Inspektor ist er hingetreten und hat ihm ins Gesicht geschrien, daß er ein Mörder ist! Denn die zwei, sagt der Pfarrer, waren getauft! Getauft? Deshalb bleiben sie doch Juden! Der Pfarrer soll besser den Mund halten und sich nicht überall einmischen. Er wird noch uns alle ins Verderben reißen!
Der Pfarrer? Der ist der einzige, der sich was zu sagen traut. Getauft oder nicht, sie sind Menschen, Brüder. Die armen Hunde, die draußen schuften bei jedem Wetter, Frauen und halbwüchsige Kinder. Nichts Warmes am Leib, zweimal im Tag eine dünne Suppe und

ein Stück Brot. Sie fallen um in das kalte Wasser im lehmigen Graben und stehen nimmer auf …
Wie diese arme Frau und ihr Sohn …

Paukenschlag

Am Panzergraben

AUFSEHER: Was stehen die dort herum und gaffen? Los! Weitermachen! Was ist! Die Frau ist hingefallen? Aufstehen! Vorwärts! Wie? Sie kann nicht?

INSPEKTOR: Was gibt's denn dort? Schon wieder ein Ausfall?

AUFSEHER: Die Frau ist ohnmächtig geworden. Das ist ihr Sohn, der sie dort aus dem Graben hebt und auf der Böschung niederlegt …

INSPEKTOR: Verdammt! Was bildet sich das Jüngel ein? Von der Arbeit wegrennen? Liegenlassen, sag ich! Soll sie krepieren! Los, los, los, weitermachen, wir sind hier kein Lazarett!
Was? Du willst aufmucken? Reißt den Spaten hoch? Gegen mich?

Zwei Schüsse

Pause, Schweigen

STIMME DES GROSSVATERS: Mörder! *(nachhallend)*

ALTER MANN: Weiter! Ich bitte Sie, sprechen Sie weiter!

JUNGE FRAU: Weiter? Ich weiß nur, daß sie meinen Großvater abgeholt haben. Man hat ihn verhaftet, weil er die Opfer eingesegnet hat und auf dem Friedhof bestatten ließ. Es waren viele in der Gemeinde, die sagten, er hätte nicht recht getan und alle unnütz in Gefahr gebracht. Die ganze Stadt war wie gelähmt vor Angst.
Er hat nichts mehr davon erfahren; erst nach Kriegsen-

de ist er wieder heimgekommen. Ein Wunder war es, an das wir nicht mehr geglaubt hatten. Aber eines Tages stand er da: ein hagerer, grauer Schatten, noch stiller, noch ernster. Nur seine Augen, die werde ich nie vergessen, sie strahlten von innen her Kraft und Güte. Er hat niemals von dem gesprochen, was er erlebt hat im KZ; aber er ist oft gesessen und hat geschrieben — in diesem Buch hier. Das weiß ich jetzt.

ALTER MANN: Bleib stehen, Hoffnung! Halt auf deinen Hexenritt! Wohin galoppieren meine Gedanken ... oder sollte es diesmal — Wirklichkeit sein?
So lange haben meine Hände ins Leere getastet — Läßt sich endlich der Faden fassen, der alles entwirrt? Was hat Ihr Großvater geschrieben? Ich bitte Sie, zeigen Sie mir, geben Sie her ...

JUNGE FRAU: Ich suche schon. Die Blätter sind vergilbt, die Schrift ist noch immer klar. Und, sehen Sie, wie ein ordentlicher Hausvater hat er die Buchführung seines Lebens an jedem Buchungstag mit dem Datum versehen. Hier ... Allerseelen 1944 ...

ALTER MANN: Weiter, blättern Sie weiter!

JUNGE FRAU: Ende November ... ein grauer Tag ... die Unglücklichen am Graben ... Das muß die Stelle sein!

Musikbrücke

STIMME DES GROSSVATERS *(aus dem Raum hallend):* So hab ich es heute vollbracht, gegen den Willen der Kleingläubigen und trotzend der Gewalt. Wo ich helfen und trösten wollte, durfte ich nur noch begraben. Durfte? Nein, auch das wollten sie mir verwehren. Ich hab es dennoch getan. Ich mußte es tun, als Diener Gottes, als Mensch. Vor allem als Mensch.
Als Diener Gottes soll ich nun beten: Zwei arme Seelen

sind erlöst und haben endlich Ruhe gefunden. Herr, sei ihnen gnädig! Herr, erbarme dich ihrer und lasse dein Licht leuchten über sie! Gib ihnen den Frieden! Amen.
Als Mensch, von dir selbst mit dem Vermögen zu denken begabt, muß ich fragen: Weshalb, Gott, noch um Erbarmen bitten nach so viel Leid und bitterem Tod? Hattest du nur diesen einen Weg, sie zu erlösen? Herr, mein Gott, ich rufe dich, gib mir Antwort: Dein Tag scheint über Gerechte und Ungerechte, deine Sonne wandelt über Opfern und Mördern. Woher nimmst du deinen Gleichmut? Wo ist deine Gerechtigkeit? Hast du keine Antwort?
Sieh mich, dein Geschöpf, das seine Stimme zum Himmel erhebt, zu einem Himmel, der stumm bleibt. Wo bist du, Gott, allwissend, allgütig und allgerecht? Ist mein Gewissen empfindlicher als deines, Gott?
Fragen, Fragen und keine Antwort. Ein Abgrund voller Zweifel und Qual. Ich muß mich ergeben, sonst bin ich verloren. Herr, hilf mir, führe mich heraus aus der Dunkelheit. Stärke mich in meinem Amt, noch nie ist es mir so schwer geworden wie heut!
Es heißt, daß nicht ein Vogel aus dem Nest fällt ohne deinen Willen. So w o l l t e s t du also, daß sie stürzte, die arme Frau, krank und erschöpft? War das der Weg, sie aus ihrem Elend zu erlösen? Durch Mörderhand? Aber wie war es mit ihrem Sohn: jung, ungebrochen trotz aller Erniedrigung. Ein Leben vor sich, noch auszufüllen mit Taten. Mußte es ausgelöscht werden? Er hat die Hand gegen seinen Peiniger erhoben — eine ohnmächtige Hand — und die Gewalt hat gesiegt. Auch ich mußte ihr weichen. Nicht mehr konnte ich tun, als die Toten bestatten. Auch das nur, weil sich ein Zeichen fand. Dein Zeichen, Herr Jesus Christ. Das kleine silberne Kreuz auf der Brust des Jungen. Als das

Kreuz eines Märtyrers hielt ich es der Gemeinde entgegen. Vor diesem Zeichen ist sie verstummt.
Sie schlafen nun in geweihtem Boden, die beiden Namenlosen, Mutter und Sohn. Möge ihnen die Erde leicht sein!

Musikbrücke

ALTER MANN: Sie sind es gewesen. Es gibt keinen Zweifel mehr. Endlich Gewißheit. Eine schreckliche Gewißheit. Was habt ihr gelitten! Wie seid ihr gestorben! Und doch — einmal noch seid ihr einem Menschen begegnet. Das ist ein Trost.
Nun seid ihr endlich zu mir gekommen, Endi, mein Sohn, und du, meine Frau! Als Schatten aus einer weiten Ferne winkt ihr mir zu, euer Blick ist freundlich, friedlich, versöhnt. Und meine suchenden Gedanken können endlich rasten — dort, wo ihr schlaft, gebettet in Heimaterde. Ein Mann stand an eurem Grab, aufrecht und unerschrocken. Ich kann seine Hand nicht mehr fassen — geben Sie mir Ihre Hand, mein Kind, die unbewußt sein Vermächtnis weitergetragen hat. Nehmen Sie den Dank eines alten Mannes, der endlich am Ziel ist.

JUNGE FRAU: Ihre Hände sind kalt und zittern. Ich will sie halten und wärmen. Trösten möchte ich Sie, Ihnen helfen — und kann es selbst kaum fassen, welchen Weg uns das Schicksal geführt hat.

ALTER MANN: Das silberne Kreuz meiner Mutter — es ist zum Zeichen geworden, es hat die beiden auf ihrem Unglücksweg geleitet bis über den Tod hinaus. Ein mahnendes Zeichen — und einer war da, der hat seine Sprache verstanden, mehr noch: Er hat eine Antwort gesucht, er ist vor Gott selbst hingetreten und hat ihn herausgefordert — er, selbst ein Diener Gottes! Da hätte ich, gefangen in den Fesseln meiner Verzweiflung, Gott nicht ohnmächtig anklagen sollen? Nicht fragen, ob es ihn überhaupt gibt?

JUNGE FRAU: Könnte mein Großvater Sie hören, er wüßte das rechte Wort!

ALTER MANN: Oh Gott, mein Gott, du hast mich mit Taubheit geschlagen, und ich habe dich nicht mehr gehört. Du hast mir genommen, woran mein Herz hing, und ich hab dich verleugnet. Nun überfällst du mich wie ein Sturm: Ist das deine späte Gnade, zu wissen, daß sie Ruhe gefunden haben?

JUNGE FRAU: Das Grab liegt an der Kirchhofsmauer — es soll nicht länger namenlos sein.
Oft blieb der Großvater dort stehen, in Gedanken versunken. Oh, könnte er sehen, wie wunderbar seine Tat weiterwirkt!

ALTER MANN: Ein Mensch hat sie gesegnet — ein Mensch in der Zeit der Unmenschlichkeit. Seine Stimme spricht über die Gräber hinweg zu dem Tauben und mahnt mich, daß Gott immer wieder da ist in dieser Welt, immer dort, wo ein Funke des göttlichen Geistes ein menschliches Antlitz erleuchtet.
Wohin versteig ich mich. Es hat mich übermannt. Verzeihen Sie diese pathetischen Töne — Sie müssen verstehen: Ein Leben lang hab ich gewartet und seh mich endlich am Ziel.

JUNGE FRAU: Sehen Sie mich an — ich schäme mich nicht meiner Rührung. Obwohl ich traurig bin, daß meine Frage wohl nie eine Lösung finden wird ...

ALTER MANN: Auch Sie, liebes Kind, sind nicht umsonst in diese Stadt gekommen. Nehmen Sie den Trost mit, daß ein Leben wie seines durch den Tod nicht ausgelöscht wird. Oder um es wieder mit unserm alten Freund Goethe zu sagen: Es kann die Spur von seinen Erdentagen nicht in Äonen untergehn ... die Spur seiner guten Tat.

JUNGE FRAU: So hab ich doch auch eine Antwort gefunden, eine tröstliche Antwort, und Sie haben sie mir gebracht. Lebendiger steht sein Bild mir vor Augen, das Bild des Pastors, des guten Hirten. Und seine Hand weist uns beide zurück zu einem Grabhügel jenseits der Grenze ...

ALTER MANN: Sie haben eine Grenze überschritten, und die Grenze hat ihre Macht verloren. Denn über alle Grenzen hinweg, diesseits und jenseits, verbindet das Schicksal die Menschen.

JUNGE FRAU: Und auch Sie werden die Grenze überschreiten —

ALTER MANN *(dazwischen):* Ihr Zug!

JUNGE FRAU: ... ihre Lieben warten auf Sie. Und bis Sie kommen, will ich das Grab mit Blumen schmücken ...

Geräusche des Bahnhofs ganz nah, Signale

ALTER MANN: Ihr Zug, Ihr Zug wird eingeschoben! Sie müssen jetzt gehen, mein Kind!

Von Norwegen nach Kaprun

Hörspiel von Katja Schmidt-Piller

Die handelnden Personen:
Martin Piller
Andreas
Felix
Franz
Fritz
Hans
Karl
Robert
Pfarrer aus Saalfelden
russische Soldaten
amerikansicher Soldat

KATJA SCHMIDT-PILLER

geboren 1941 in Breitenbrunn, nach Ausübung verschiedener Berufe heute freie Schriftstellerin, freie Mitarbeiterin beim ORF.

H ö r s p i e l e :

Und niemand weiß, warum — Regie Hans Rochelt
Im Kanal — Regie Hans Rochelt
Der Totenkopfzwickel von Breitenbrunn — Regie Hans Rochelt
Von Norwegen nach Kaprun — Regie Hans Rochelt

B ü c h e r :

Ich habe mir die Narrenkappe aufgesetzt — Lyrik
Guldani Beringa — Erzählungen
In der Kampagne — Prosa
Breit um den Brunnen — Lyrik

H e r a u s g e b e r i n der
PURBOCHA GSCHICHTN von Hans Ohr, Maria Rüssel, Hans Schwendenwein

1975 — BEWAG-Literaturpreis
1978 — TV-Preis in der Reihe „Geschichten aus Österreich" mit dem Treatment „In der Kampagne"
1979 — Staatsstipendium für Literatur
1980 — Förderungspreis für Publizistik der Burgenland-Stiftung Theodor Kery
1983 — Förderungspreis für Literatur der Theodor-Körner-Stiftung Wien
1983 — Anerkennungspreis für Lyrik durch die Dr. Ernst-Koref-Stiftung-Linz

Veröffentlichungen in Zeitschriften und Anthologien

Geräusch von einrollendem Zug, Bremsen kreischen, etc.

FRITZ: Martin, wo sind wir denn?

MARTIN: Ich seh's nicht genau, aber ich denk, wir sind kurz vor der Grenze.

ROBERT: Dann sind wir in Freilassing. Es ist zwar schon lange her, aber ich erinnere mich noch gut, vor der Grenze liegt Freilassing.

MARTIN: Das ist ein guter Name, findet ihr nicht auch? *(langsam)* Freilassing. Frei! Ob wir wirklich frei gelassen werden?

FRITZ: Das ist uns doch von den Engländern zugesagt worden.

FELIX: Wer weiß, ob das wahr ist.

MARTIN: Sei doch nicht so pessimistisch, Felix.

FELIX *(erregt):* Seit 7. Mai, 16 Uhr 15, haben wir Frieden, haben wir kapituliert. Was war bis heute? Von einem Lager ins andere und warten, warten, warten. Vor zehn Tagen, am 8. August, sind wir von Bjerkvik abgedampft Richtung Heimat. Drei Monate haben sie uns von einem Lager ins andere geschoben. Und heute, heute haben wir den 18. August. Heute ist Samstag. Glaubst du etwa gar, daß wir morgen Sonntag schon zu Hause sind, ha?

MARTIN: Wenn schon nicht morgen, aber lange kann es ja nun nicht mehr dauern.

FELIX: Daß du dich da nur nicht täuscht, mein Lieber.

MARTIN: Der Krieg ist jetzt mehr als drei Monate zu Ende, höchste Zeit, daß wir nach Hause kommen.

FRITZ: Wenn wir überhaupt noch ein Zuhause haben.

ROBERT: Ich habe keines mehr.

ANDREAS: Ich auch nicht. Ende April habe ich den letzten Brief von daheim bekommen. Meine Frau hat ihn schon Anfang März geschrieben, und sie schreibt darin, daß unsere Wohnung ausgebombt worden ist. Sie ist zu Verwandten ins Marchfeld gezogen. Wer weiß, ob sie noch lebt. Die Russen sollen ja im Marchfeld arge Zerstörungen angerichtet haben, besonders um Gänserndorf-Matzen herum, wo nach Öl gebohrt wird.

MARTIN: Um Ostern herum hat es auch in meiner Heimat Kämpfe gegeben. Die Russen sollen über den Neusiedlersee heraufgekämpft haben.

ROBERT: Das ist doch alles nichts gegen die Zerstörung von Wien. Ob es in Wien auch so aussieht wie in den Städten, durch die wir durchgefahren sind?

FELIX: Wien wird nicht viel anders ausschauen und grad so zerstört sein wie Nürnberg.

ANDREAS: Ich mag gar nicht dran denken, wie es in Wien ausschaut.

KARL: Hört's endlich auf mit eurer Lamentiererei!

FELIX *(zornig):* Ja, du, du nimmst alles auf die leichte Schulter! Wer nicht weiß, wem er zugehört, der hat gut reden.

KARL *(auflachend):* Endlich hat es ein Gutes, daß ich nicht weiß, wer meine Eltern sind, oder besser gesagt, waren.

FELIX *(zornig):* Brauchst nicht so blöd lachen, Hurenbankert, blöder!

MARTIN *(beschwichtigend):* Nur mit der Ruhe.

FRITZ: Das mein ich auch. Kaum schnuppern's ein bisserl Heimatluft, schon drehen sie durch.

Geräusch vom Aufschieben der Waggontüren, Stimmengewirr im Waggon

FELIX: Also doch Freilassing. Hoffentlich hält der Name auch, was er verspricht.

ROBERT: Schaut's, am drüberen Gleis, dort hält ein Zug voller Russen.

FRITZ: Wahrscheinlich fahren die vor uns an die Grenze, drum geht's bei uns nicht weiter.

KARL: Die winken uns zu!

FELIX: Dann wink zurück, wenn du willst!

KARL: Warum nicht?

ROBERT: Seid's ihr ganz von Gott verlassen? Wer weiß, was die dann glauben.

KARL: Das ist mir doch egal, ich bin eben ein freundlicher Mensch.

1. RUSSE *(schreit):* Drasdidje, Dowarisch!

KARL: Drasdi ah.

ANDREAS: Leck uns!

2. RUSSE: Kommt zu uns! Wir nach Wien fahren!

3. RUSSE: Dowarisch, kommt, kommt herüber! Am Abend wir sind in Wien, ihr dann zu Hause.

ANDREAS: Meint der wirklich Wien?

KARL: Hast doch gehört — Wien!

Rufe aus den anderen Waggons, Stimmen durcheinander

Die fahren nach Wien / Mein Gott, Wien / Wär das schön / Am Abend sind wir zu Hause / Hört's ihr, die fahren nach Wien? us. usf.

FELIX *(verhalten):* Kinder, Wien — am Abend in Wien.

KARL: Was ist? Fahren wir mit?

FRITZ: Bist närrisch?

HANS: Was schreit ihr denn so? Was ist denn los?

KARL: Mensch, da drüben die Russen, die fahren nach Wien!

HANS *(erstaunt):* Wieso nach Wien?

MARTIN: Du alte Schlafhaube! Wir sind in Freilassing, an der Grenze. Und da drüben sind Russen, die fahren nach Wien. Begreifst du jetzt?

HANS *(gähnend):* Das wäre zu schön. Ob's aber auch wahr ist?

1. RUSSE: Wollt fahren mit uns? Wir nach Wien, Dowarisch!

FELIX: Die brauchen wahrscheinlich noch ein paar Dutzend für Sibirien.

HANS: Wieso Sibirien?

FELIX: Bist noch nicht ganz munter? Die wollen uns nach Wien locken und meinen bestimmt damit Sibirien.

MARTIN: Mein Gott, wäre das schön — am Abend in Wien und morgen daheim in Breitenbrunn. Stellt euch das einmal vor!

FELIX: Was meinst, Martin, fahren wir mit den Russen?

3. RUSSE: Kommt schnell! Wir bald fahren! Wir fahren bis Wien!

FELIX: Martin, schau! Da laufen schon die ersten hinüber!

KARL: Ich lauf auch zu den Russen!

ANDREAS: Grad du hast es so eilig? Ich denk, du hast keine Menschenseele in Wien.

KARL: Mensch, am Abend bin ich in Wien!

MARTIN: Hans, du gehst auch! Du wirst doch nicht den Russen glauben?

HANS: Martin, ich will heim.

MARTIN: Oder nach Sibirien.

HANS: Vielleicht — aber stell dir vor, die meinen das wirklich so, dann bin ich am Abend in Wien. Dort habe ich Verwandte. Bei denen übernachte ich und morgen bin ich daheim. Komm mit, Martin!

MARTIN: Nein, Hansl, ich trau den Russen nicht. Aber tu mir einen Gefallen. Wenn du wirklich gut heimkommst, dann schreib meiner Frau. Du hast ja meine Adresse von Breitenbrunn. Schreib ihr, daß wir schon in Österreich sind.

HANS: Ist gut, Martin, das mach ich. Vielleicht seid ihr anderen auch bald daheim, die können euch doch nicht so lange festhalten.

ANDREAS: Hans, du bist ja in der Nähe von Straßhof —

HANS: Ja, ich bin aus Gänserndorf.

ANDREAS: Vielleicht schaust du nach Straßhof zu meiner Frau. Sie ist dort bei Verwandten, bei dem Hammer Franz.

HANS: Mach ich, kannst dich drauf verlassen.

MARTIN: Hans, vergiß nicht, schreib meiner Frau.

HANS: Pfüat euch!

Abschiedsrufe im Durcheinander, ein Zug fährt ab.

FELIX: Die sehen wir nie wieder, die landen in Sibirien, drauf könnt ihr Gift nehmen.

*

FELIX: Kameraden, es wird schon Abend —

MARTIN: Ob die Russen wirklich nur bis Wien gefahren sind?

ANDREAS: Die sind jetzt daheim, und wir Idioten sitzen da.

FELIX: Ja, wir sitzen da und haben den ganzen Tag noch nichts gegessen!

FRITZ: Die haben uns wahrscheinlich vergessen hier auf dem Nebengleis.

ROBERT: Und zu trinken gibt es anscheinend auch nichts.

FELIX: Wärst mit den Russen mitgefahren, könntest in Wien schon zum Heurigen gehen.

ANDREAS: Ob es wohl noch einen Heurigen gibt?

FELIX *(singt):* O, du lieber Augustin, alles ist hin.

ANDREAS: Brauchst nicht spotten.

FELIX: Wer spottet denn?

MARTIN: Macht euch der Hunger streitlustig?

FRITZ: Schaut, ich glaube, es geht weiter!

MARTIN: Tatsächlich.

Rufe, wie: Einsteigen, Kameraden / Kommt, wir fahren u.ä. / Geräusch vom Schließen der Waggontüren, der Zug fährt an, wird schneller ...

ANDREAS: Es geht heimwärts, Kameraden.

FELIX: Ich glaube es erst, wenn wir in Österreich sind.

MARTIN: Alter Pessimist, du.

FRITZ: Wo sollte es denn sonst hingehen, ha?

ROBERT: Nach Hause, nach Hause, nach Hause!

MARTIN: Na, Bertl, beruhig dich wieder.

ROBERT: Ganzen Tag in dem offenen Waggon und nichts zum Trinken.

MARTIN: Wir andern sind genauso durstig wie du. Jetzt sind wir gleich an der Grenze und dann drüben in der Heimat.

Bremsen kreischen, Rufe durcheinander

FRITZ: Gleich sind wir in Salzburg.

FELIX: Bin neugierig, ob wir in Salzburg bleiben und ob sie uns von dort nach Hause entlassen.

MARTIN: Das wäre gut, ich habe nämlich nächste Woche Geburtstag.

ANDREAS: Geh hör auf? Wann denn?

MARTIN: Am 22. August, also am Mittwoch.

ROBERT: Den müssen wir feiern.

FELIX: Na, was ist? Warum geht's denn nicht weiter?

ANDREAS: Geht ja schon, der Zug fährt schon an.

Geräusche des anfahrenden Zuges

FELIX: Aber — aber das ist doch die verkehrte Richtung. Schaut's nur!

MARTIN: Tatsächlich.

FRITZ: Die werden uns auf ein anderes Gleis schieben. Vielleicht sind da vorne irgendwelche Weichen kaputt.

ANDREAS: Schau, wie unser Fritzl Bescheid weiß.

MARTIN: Sind die verrückt? Die bringen uns wirklich wieder zurück.

ROBERT *(sarkastisch):* Vorwärts, Kameraden, es geht zurück!

*

FELIX: Laß den Blödsinn! Martin, komm her, ich mach dir die Räuberleiter, steig hinauf und sag uns, was du siehst.

MARTIN *(scharrt mit den Schuhen auf Holz):* Wir kommen nach Freilassing hinein. Vielleicht ist ihnen eingefallen, daß sie uns den ganzen Tag weder etwas zum Essen noch zum Trinken gegeben haben. Vielleicht gibt's da ein Nachtmahl.

FRITZ *(lachend):* Deinen Humor möcht ich haben. Wenn sie uns den ganzen Tag nichts gegeben haben, werden wir jetzt auch nichts kriegen.

ANDREAS: Und ich habe geglaubt, wir gehen in Salzburg groß essen.

FELIX: Hört's auf, ich halt das nicht aus!

MARTIN: Wirst es aber noch ein Weilchen aushalten müssen, wir fahren nämlich noch weiter.

FELIX: Warum waren wir auch so dumm und sind nicht mit den Russen mitgefahren?

MARTIN: Zu spät. Am besten, wir legen uns schlafen. Morgen sieht die Welt wieder anders aus.

ANDREAS: Dein Wort in Gottes Ohr.

FELIX *(bissig):* Seit wann glaubst du an Gott?

ANDREAS: Ach, das ist doch nur so eine Redensart.

FRITZ: Laßt Gott aus dem Spiel, hier haben wir es mit den Amerikanern zu tun.

*

MARTIN: Also, ich versteh nicht, was wir hier in Traunstein sollen.

FRITZ *(verschlafen):* Mußt du immer dein Maul aufreißen. Grad habe ich von einem Schweinsbraten mit Sauerkraut und Knödel geträumt.

MARTIN *(lachend):* Billiger gibst du es nicht? Ich wäre schon mit den Knödeln zufrieden.

FELIX: Hört auf, vom Essen zu reden. Mir dreht's den Magen um und um, und ihr redet vom Schweinsbraten.

FRITZ: War ja nur ein Traum.

FELIX: Sowas träumt man nicht, und schon gar nicht laut, wenn ich umkomm vor Hunger.

ROBERT: Und ich vor Durst.

ANDREAS: Macht euch nicht verrückt, wir werden schon was bekommen.

ROBERT: Aber wann?

ANDREAS: Ich bin doch kein Prophet.

Geräusch des anfahrenden Zuges

FELIX: Na, was sagt ihr, wir fahren!

ROBERT: Freu dich nur nicht zu früh, wahrscheinlich stellen sie uns auf ein anderes Gleis.

FELIX: Du nimmst einem aber auch alle Hoffnung.

MARTIN: Noch ein Pessimist.

ROBERT: Wenn ich denk, daß die anderen jetzt schon längst in Wien spazieren gehen, dann könnt ich mir alle Haar ausreißen.

FRITZ *(spöttisch):* Und wenn ich denk, daß die anderen jetzt Richtung Sibirien unterwegs sind, dann rat ich dir, laß sie lieber dran.

FELIX: Na, wir fahren aber doch Richtung Grenze.

ROBERT: Das glaub ich erst, wenn wir wieder an der Grenze sind.

MARTIN: Ein trauriger Sonntag. Mit meinem Geburtstag daheim wird es wohl nichts werden.

FELIX: Du hast dir doch nicht wirklich eingebildet, daß du deinen Geburtstag schon daheim feierst. Sei froh, wenn du deinen Namenstag zu Hause feiern kannst.

MARTIN *(auflachend):* Jetzt übertreibst du aber mit deinem Pessimismus. Das wäre doch lachhaft, wären wir zu Martini noch nicht daheim.

ANDREAS: Hört auf! Aufhören! Aufhören!

MARTIN: Beruhige dich, Andreas.

ANDREAS: Du redest immer vom Ruhigsein, Nur-Ruhe-beruhig-dich! Verdammt! Verdammt noch einmal, die spielen mit uns Katz und Maus, diese Huren-Amerikaner!

FRITZ: Ihr werdet doch nicht streiten, ha? Wir kommen durch Freilassing, es geht zur Grenze.

ROBERT: Na, hoffentlich wissen die bald, was sie mit uns wollen.

FRITZ: Das wird's sein! Die wissen nicht, was sie mit uns tun sollen.

ANDREAS: Die sollen uns endlich heimschicken.

MARTIN: Jetzt kann es ja nicht mehr solange dauern, wie es schon gedauert hat. Gut Ding braucht Weile.

ANDREAS: Fang jetzt nicht noch in Sprichwörtern zu reden an! Ich halt das nicht aus!

MARTIN: Ist schon gut, es ist nur der Hunger und der Durst. Sobald wir was zu essen und trinken bekommen, sind wir wieder normal.

ROBERT *(mit schwerer, belegter Zunge):* Was schreibst du denn schon wieder?

MARTIN *(leise und heiser):* Ach, nur ein paar Notizen in meinen alten Taschenkalender.

FELIX *(sich räuspernd):* Was hilft dir das Aufschreiben, Martin, mit den Amerikanern kannst du doch nicht abrechnen, die lassen uns hier verhungern und verdursten.

FRITZ: Was gäb ich für einen Schluck Wasser.

ANDREAS *(etwas heiser):* Und regnen kann's auch nicht.

MARTIN: Dafür scheint heute die Sonne nicht. Vielleicht gibt es doch Regen.

FRITZ: Kameraden, spürt ihr es auch? Wir fahren!

Geräusch des anrollenden Zuges.

MARTIN: Wirklich, wir fahren.

FRITZ: In welche Richtung?

FELIX: Über die Grenze, über die Grenze! Was sagt ihr, wir fahren endlich nach Österreich hinein.

ROBERT: Ich glaub's nicht, ich glaub's nicht.

FELIX: Dann komm her und schau da hinaus.

ROBERT: Jetzt werden wir endlich was zu trinken und essen bekommen.

ANDREAS: Sagt mir, wenn wir in Salzburg sind.

FELIX: Komm her und schau selber.

der Zug rollt und rollt

MARTIN: Wir sind in Salzburg.

ROBERT: Was schreibst du jetzt, Martin?

MARTIN: 16 Uhr, Ankunft in Salzburg.

der Zug fährt und fährt

FELIX: Wielange fahren wir denn noch? Zuerst in Salzburg stundenlanger Aufenthalt auf irgendeinem Nebengleis, noch immer kein Essen, nichts zu trinken. Dann fallt es ihnen wieder ein, daß es uns gibt und wir fahren weiter, immer weiter.

ROBERT *(mit matter Stimme):* Vielleicht bringen sie uns bis Wien.

FELIX *(auflachend):* Sonst noch was gefällig, der Herr? Schau dir doch die Gegend draußen an, da geht's doch niemals Richtung Wien.

ANDREAS: Mir kommt die Gegend bekannt vor. Ich war vor dem Krieg einige Male in Zell am See im Urlaub. Ich glaube, wir fahren diese Richtung. Was meinst du, Martin?

MARTIN *(verblüfft):* Ich, wie soll ich das wissen? Weiter als bis Wien bin ich vor dem Krieg nicht gekommen. Für mich ist ein Berg wie der andere. Ich habe keine Ahnung, wohin es geht.

FRITZ: Es wird schon ziemlich finster, aber ich glaube, ich seh da vorne einen See. Andreas, du könntest recht haben.

FELIX: Was wollen die mit so vielen Männern in Zell am See.

FRITZ: Na, wir werden alle Urlaub hier machen, bevor sie uns heimbringen.

MARTIN *(lachend):* Ideen hast du.

ROBERT: Der Zug bleibt nicht stehen, wir fahren weiter.

FELIX: Scheiß Amis, jetzt fängt's auch noch zu regnen an.

MARTIN: Für den Regen sind nicht die Amis zuständig. Sei froh, daß es regnet und halt lieber deine Hände auf, dann hast du was zum Trinken.

FELIX: Wozu die Hände, sperr dein Maul auf und es regnet dir hinein.

Der Zug fährt — und hält dann plötzlich, die Waggontüren werden aufgeschoben, durcheinanderrufen

MARTIN: Es scheint so, daß wir am Ziel sind.

FRITZ: Das Ziel heißt Saalfelden.

MARTIN: Nie gehört.

ANDREAS: Saalfelden ist auch eine bekannte Sommerfrische.

MARTIN: Sommerfrische? Ja, ihr Wiener habt Zeit für Sommerfrische, wir im Dorf sind immer draußen in der Frische.

ANDREAS: Ich war auch im Winter hier zum Schifahren.

FRITZ: Na also, wie wären wir Dorfleute jemals in die Sommerfrische gekommen, ohne den Hitler und die Amis?

ROBERT: Wart's nur ab, dir wird das Spotten bald vergehen.

Stimmengewirr der aus dem Zug aussteigenden Männer, genagelte Stiefel marschieren

FELIX: Also der Petrus meint es ein bisserl zu gut. Gar so naß möcht ich's grad nicht.

FRITZ: Weiß denn irgend ein Mensch, wo wir hingehen?

MARTIN: Wahrscheinlich in ein Lager.

ANDREAS: Habt ihr gesehen? Der Zug ist um etliche Waggons kürzer.

ROBERT: Vielleicht haben sie die in Salzburg abgehängt und woanders hin verfrachtet.

MARTIN: Wird schon so sein, wie du sagst.

FELIX: Martin, wie spät hast du es denn?

MARTIN: Neun Uhr. Warum?

FELIX: Ist zwar ziemlich spät, aber wenn sie uns im Lager endlich was zum Essen vorsetzen —

FRITZ: Ganz bestimmt bekommen wir jetzt endlich was zum Futtern, Kameraden, gefastet hätten wir nun lange genug, was meint ihr?

MARTIN: Nach drei Tagen wäre es schon Zeit, daß wir etwas zwischen die Zähne bekommen.

*

FRITZ: Wenn die Amerikaner uns das Soldbuch geben, dann kann das nur heißen, daß wir entlassen werden.

FELIX: Freu dich nur nicht zu früh.

MARTIN: Jetzt sitzen wir fast schon einen Monat da im Salzburgischen. Drüben die Stadt muß ganz schön sein.

ANDREAS: Hallein — wißt ihr, daß oben in Dürnberg Salz abgebaut wird?

FELIX: Woher willst du das wissen?

ANDREAS: Ich hab euch doch von meinen Urlaubsaufenthalten in Salzburg erzählt.

ROBERT: Gegen dich sind wir nur Armutschkerln. Wir waren noch nie im Urlaub.

FELIX: Wieso? Wir waren doch auch vor der Front im Urlaub.

ROBERT: Na, wo warst du denn da im Urlaub? Höchstwahrscheinlich daheim. Das ist doch nicht so Urlaubmachen, wie es der Andreas erzählt.

FRITZ: Na, und wie gefällt dir unser derzeitiger Urlaub, Andreas?

ANDREAS: Spott nur.

MARTIN: Entnazifizierung heißt das hier und nicht Urlaub, meine Herrschaften.

FRITZ: Bist du ein Nazi gewesen?

MARTIN: Ich? Du spinnst wohl. Ich bin ein Sozi.

FELIX: Warst dann im 34er eingesperrt?

MARTIN: Nein, ich war da erst siebzehn, aber mein Vater war interniert. Wegen Verbreitung verbotener Schriften.

ANDREAS: Ein Sozi!

ROBERT: Was hast du gegen die Sozi? Du warst sicher ein Hahnenschwanzler!

FRITZ: Ist das jetzt nicht egal, was einer war? Derzeit sind wir Gefangene im eigenen Land, und das ist bitter. Habt's ihr letztens den Neger gehört, was der gesagt hat?

FELIX: Wir sind ja nicht taub.

ROBERT: Ihr seid Menschen dritter Klasse, hat er gesagt.

MARTIN: Und noch: Wir Neger sind Menschen zweiter Klasse und die weißen Amerikaner sind die Herren.

FELIX: Nazischweine hat er auch noch gesagt.

ROBERT: Scheiß-Amerikaner!

MANN *(ruft laut):* Antreten zum Transport!

FRITZ: Mittagessen gibt es heute wohl keines. Auch gut. Den Fraß, den sie uns täglich vorsetzen, den geben wir daheim den Schweinen.

FELIX: Du hast aber noch keinen Tag was übrig gelassen.

FRITZ: Wird man denn einmal satt bei den Amerikanern?

MARTIN: Ob es wirklich heimzu geht?

FELIX: Ich hab's so im Gefühl, daß du dich da gewaltig irrst. Wirst schon sehn, Martin, wir feiern auch noch deinen Namenstag als Gefangene.

ANDREAS: Blödsinn!

Geräusch der abmarschierenden Männer / danach wieder Zuggeräusche

ROBERT: Also neugierig wäre ich schon, wo es hingeht.

ANDREAS: Erinnert ihr euch nicht mehr? Das ist die gleiche Strecke, wie damals bei unserer Ankunft in Österreich.

FELIX: Verdammt! Du hast recht.

FRANZ: Ich hab was gehört von einem Elektrizitätswerk in den Tauern. Dort sollen sie schon im 39er Jahr angefangen haben. In den Anhaltelagern Hallein, Elsbethen, Glasenbach und anderen waren Gefangene, die mußten in den Bergen oben am Kraftwerk arbeiten.

MARTIN: Und wieso bringen uns die Amys dort hin?

FRANZ: Der Hitler hat Arbeitsscheue und andere Subjekte dort hinauf verfrachtet, weil er viel zuwenige freiwillige Arbeiter gehabt hat. Na, und das müssen wir jetzt ausbaden. Wir kommen zur Entnazifizierung in die Berge.

FRITZ: So ein Scheiß, was du daherredest. Warst du ein Nazi?

FRANZ: Ich? Dich hat's wohl. Bin ich vielleicht freiwillig in den Scheiß-Krieg gegangen? Bist du freiwillig Soldat geworden, oder du, und du vielleicht, Martin?

MARTIN: Wer von uns ist schon freiwillig gegangen? Mich haben sie trotz meiner Verwundung aus Polen noch einmal geholt.

FRANZ: Wann haben sie dich geholt?

MARTIN: Im 42er Jahr.

ROBERT: Und was hast du in der Zwischenzeit gemacht?

MARTIN: Ich war bei der NEWAG Stromkassier.

FELIX *(lachend):* Das trifft sich ja gut. Der Stromkassier baut jetzt ein Elektrizitätswerk.

MARTIN: Das kann ja ganz interessant werden.

FELIX: Ich habe gedacht, du willst nach Hause.

MARTIN: Willst du etwa nicht?

ANDREAS: Ihr kommt doch alle aus der Ebene. Wißt ihr überhaupt, was es heißt, in den Bergen oben arbeiten? Arbeiten, dazu noch ohne ausreichende Kost?

FRITZ: Nein, wissen wir nicht, aber du wirst uns darüber gleich aufklären.

ANDREAS: Ich weiß, was da oben arbeiten heißt. Im Urlaub hab ich manchmal so zum Spaß bei der Heuarbeit mitgemacht. Das ist ganz schön anstrengend.

MARTIN *(lachend):* Weil du als Wiener nichts gewohnt bist. Wir Landleut sind da anderes gewöhnt. Nicht zum Spaß machen wir unsere Arbeit. Was ist das schon, ein bisserl Heuarbeit? Mußt einmal bei uns Getreide schneiden, oder im Lesen Butten tragen und im Winter Rohr reißen oder Holz hacken, dann kannst von Arbeit reden.

ANDREAS: Wird gewiß stimmen, was du sagst, aber da hast du dein ordentliches und kräftiges Essen und nicht den Schlangenfraß, den uns die Amys hier vorsetzen.

FRITZ: Das stimmt. Da gibt es Speck und vom Brot kannst du abschneiden, soviel du willst, nicht wie hier ein Brot für sechs Mann. Und was für ein Brot! Bei uns dagegen, da haben wir große Laibe Hausbrot.

FELIX: Das sind ja schöne Aussichten.

ROBERT: Das geht ja wieder Richtung Zell am See oder Saalfelden.

ANDREAS: Na klar, das Kraftwerk dürfte bei Kaprun sein, ich kann mich erinnern, daß dort schon vor dem Krieg, Ende der 29er, Anfang der 30er Jahre gebaut worden ist.

FRANZ: Geh, so alt kannst du doch noch nicht sein.

ANDREAS: Das hat doch nichts mit dem Alter zu tun, wenn man etwas weiß.

FRANZ: Bist ein ganz Gescheiter, ha?

ANDREAS: Ach, leck mich.

MARTIN: Na, na, na. Ihr werdet doch nicht Streit anfangen? Zahlt sich doch nicht aus.

FELIX: Überhaupt, wenn man bedenkt, daß wir im eigenen Land Gefangene sind und ohne etwas Gescheites zum Essen roboten müssen. Und das alles nur, weil uns der Herr Hitler, der alte Plattenbruder, in den Krieg geschickt hat.

ROBERT: Womit du zweifellos recht hast, aber das ändert auch nichts an unserer Situation. Für die Amys sind wir Nazi, und daher müssen wir durch schwere Arbeit entnazifiziert werden.

MARTIN: Das könnten wir genauso gut auch zu Hause, dort wird es auch Arbeit genug geben.

ANDREAS: Und erst in Wien! Ich seh nicht ein, warum ich hier in Salzburg die Schäden, die unsere Gegner angerichtet haben, wieder gutmachen soll. Das könnte ich daheim in Wien doch viel besser. Das würde mir noch einleuchten.

MARTIN: Manchmal frage ich mich, ob unsre Frauen und Eltern zu Hause wissen, daß wir noch am Leben sind, und daß wir schon in Österreich sind.

FRITZ: Der Hans wird es schon deiner Frau geschrieben haben, wenn er nicht in Sibirien gelandet ist.

MARTIN: Das ist es ja eben. Bei der Arbeit am Oberbau am Salzburger Hauptbahnhof vorige Woche, da habe ich versucht, jemandem die Adresse meiner Frau und meiner Eltern zu geben und wollte bitten, daß man ihnen schreibt und Nachricht gibt, wo wir hier sind. Aber bis der Eisenbahner das begriffen hat, war schon einer der Posten wieder da und hat uns bewacht wie ein Luchs.

FRITZ: Am besten wäre es, wenn wir uns hier aus dem Staub machen und nach Hause gehen.

FRANZ: Und wie stellst du dir das praktisch vor?

FRITZ: Wir haben doch unser Soldbuch bekommen. Damit haben wir einen Ausweis bei uns, falls sie uns aufgreifen.

MARTIN: Du bist doch auch aus dem Burgenland, und das liegt in der russischen Zone. Die Russen sollen streng kontrollieren. Außerdem haben wir ja nur unsere Uniform.

FRITZ: Das soll das Wenigste sein. Klar kannst du dich nicht einfach in den Zug setzen und heimfahren. Erstens haben wir kein Geld, und zweitens ist es besser, zuerst zu Fuß durch ein paar Dörfer, bestimmt gibt es da die Möglichkeit, die Uniform gegen anderes Gewand zu tauschen.

ROBERT: Nicht schlecht, aber —

FRITZ: Da gibt es kein aber, so klappt es. Ich will endlich nach Hause.

MARTIN: Das wollen wir alle, trotzdem habe ich meine Bedenken.

FRITZ: Und was ist, wenn wir jetzt in der Dämmerung stiften gehen? Bei den vielen, die wir sind, fällt das gar nicht auf.

ANDREAS: Du meinst also, wenn unser Zug angekommen ist, wir aussteigen müssen, da sollten wir uns in dem Trubel aus dem Staub machen?

FRITZ: Genau so meine ich das.

ANDREAS: Das ist ein Blödsinn. Hier bist du mitten im Hochgebirge, hast noch die alte Uniform an —

FRITZ: Die tauschen wir ja um.

ANDREAS: Das sagt sich leichter, als es getan wird.

FRITZ: Aber es muß doch möglich sein!

MARTIN: Beim Aussteigen aus dem Zug — das wäre wirklich günstig. Wieviel Mann sind wir denn, die sie nach Kaprun bringen?

FELIX: Ein paar tausend Mann.

ROBERT: Geh, hör auf, soviel doch nicht.

FELIX: Rund dreitausend waren wir, als sie uns in Bjerkvik einschifften.

ROBERT: Was sollen denn soviel Mann in den Bergen anfangen? Das ist doch lachhaft.

ANDREAS: Was ich so vor dem Krieg gehört habe, soll dort oben ein großer Staudamm errichtet werden. Da müssen natürlich hunderte und hunderte Arbeiter sein. Es gibt ja keine Straße hinauf, es muß alles über Saumpfade hinauftransportiert werden.

MARTIN: Du meinst doch nicht, daß Zement, Bauholz und was weiß ich, was da noch alles dazugehört, nur mit Menschenkraft transportiert werden kann?

ANDREAS: Anfangs nicht viel anders, freilich auch mit Hilfe von Mulis. Es sei denn, daß während der Kriegsjahre schon eine Straße gemacht worden ist.

FELIX: Das sind ja schöne Aussichten.

FRITZ: Drum ist es das Beste, wir gehen stiften. Ich habe massenhaft Splitter im linken Fuß, wie soll ich da bergkraxeln, womöglich mit einem Sack Zement am Rücken?

MARTIN: Und ich habe in der linken Hand eine Sehnenplastik. Wie soll ich etwas tragen? Die Ärzte haben mir schon 1939 verboten, Schweres zu heben oder zu tragen.

FELIX: Ihr wollt euch also von der Arbeit drücken?

FRITZ *(ärgerlich):* Red nicht so dumm. Aber es ist doch nicht unsere Arbeit. Wenn ich denk, wie es zu Hause zugehen wird. Mein Vater ist auch nicht mehr der Jüngste.

Bremsen kreischen, der Zug hält, Stimmengewirr der aussteigenden Männer

FELIX: Na, ihr Feiglinge! Ich hab geglaubt, ihr geht stiften?

MARTIN: Das sagt sich so leicht.

FRITZ: Leck mich.

FELIX *(lachend):* Das ist eine geschaffte Arbeit, und von dir laß ich mir nichts anschaffen.

ROBERT: Eine traurige Gegend, dieses Kaprun. Ein paar alte Kalupen, sonst nichts.

ANDREAS: Dafür ist es herrlich oben in den Bergen.

FRITZ: Du mit deinen Bergen. Wenn ich hinaufschau, krieg ich Herzklopfen und die Luft ist mir wie abgeschnürt.

FRANZ: Mir macht das nicht soviel, bei uns ist es nicht so eben.

FRITZ: Bei uns am Heideboden, da beginnt eben schon die Pußta. Diese Berge hier sind beklemmend. Geht's dir nicht auch so, Martin?

MARTIN: Eigentlich nicht. In Norwegen oben habe ich mich doch an die Berge etwas gewöhnt.

ANDREAS: Du kannst doch die Berge in Norwegen nicht mit den Tauern vergleichen.

MARTIN: Berg ist Berg, und ich möchte heim.

FELIX: Na, warum bist du dann gestern nicht stiften gegangen?

MARTIN: Weil ich nicht verrückt bin. Ich habe am Salzburger Hauptbahnhof eine große Karte hängen gesehen. Auf der habe ich mir meinen Fluchtweg genau angesehen. Wenn ich stiften geh, dann muß das möglichst gefahrlos sein. Ich habe mir alles genau eingeprägt. Von hier aus wäre das kein guter Heimweg.

FELIX *(spöttisch):* Wirst es aber wohl von hier schaffen müssen. Und wenn du es dir lang überlegst, bist du eher oben beim Kraftwerksbau, und dann ,,Gute Nacht"!

MARTIN: Ich habe mich schon für den Arzt gemeldet.

FRANZ: Wozu denn?

ROBERT: Dem zeigt er sein kaputtes Prankerl, und schon braucht er nicht mit in die Berge.

MARTIN: Ich habe in der Nacht irrsinnige Schmerzen in der Hand bekommen.

ANDREAS: Wahrscheinlich bekommen wir Schnee.

FRITZ: Wie meinst du das? Jetzt mitten im September?

ANDREAS: Natürlich gibt es da schon manchmal Schnee bis ins Tal herab.

MARTIN: Hoffentlich gibt's da überhaupt einen Arzt.

FRITZ: In Hallein bist du ja auch immer zum Arzt gegangen.

FELIX: So kenn ich dich ja gar nicht. Simulierst du oder hast du wirklich etwas?

MARTIN: Einen Durchschuß mit Dumm-dumm kann man wohl kaum simulieren. In Hallein war ich aber wegen Rheumaschmerzen beim Arzt. Immer nur auf dem Boden schlafen —

ROBERT: Da ist es hier wirklich besser.

ANDREAS: Dafür erwartet uns Schlechtes.

FELIX *(auflachend):* Willkommen im Kreis der Unken.

ANDREAS: Und oben in den Bergen wird es nicht einmal so gut sein wie in Hallein. Wir werden uns alle noch zurücksehnen in die Salzachstadt, das könnt ihr mir glauben.

*

Heftiger Wind, die Stimmen klingen etwas gepreßt

ANDREAS: Es ist doch ein Irrsinn, bei dem Wetter zu arbeiten.

FRANZ: Als gelernter Maurer kann ich dir nur sagen, daß wir öfters bei so schlechtem Wetter gearbeitet haben. Auch in Deutschland, wo wir Kaminmaurer damals gut verdient haben.

FELIX *(schwer atmend):* Aber bestimmt nicht in so dünner Luft, wie da heroben.

ROBERT: Ganzen Krieg hindurch habe ich mich gefreut, daß ich keine Verwundung davongetragen habe. In den ärgsten Kämpfen habe ich so etwas wie einen Schutzengel gehabt. Ob mir aber der hier oben helfen kann, ist fraglich. Ich weiß genau, eines Tages rutsch ich auf diesem schmalen Weg noch ab.

FELIX: Besonders wenn du es genau weißt.

ROBERT: Wie meinst du das?

FELIX: Na ja, wie soll ich dir das erklären. Also, wenn du dir einbildest, daß du da hinunterstürzt, dann wird das bestimmt einmal eintreffen. Positiv mußt du denken, immer so denken, daß du gut da herauskommst und wieder heimkehrst.

ROBERT: Und das sagt ausgerechnet der größte Pessimist, den wir kennen.

FELIX: Herrgott-noch-einmal, es muß doch möglich sein, heimzukommen.

FRANZ: Der Martin und der Fritz, die haben es gut getroffen mit ihrer Verwundung. Die konnten im Tal unten bleiben.

ANDREAS: Und sind wahrscheinlich schon stiften gegangen. Wir Trotteln sind da am Berg und bauen den Salzburgern ein Kraftwerk.

FRANZ: Essen werden sie womögich auch besser als wir. Möcht bloß wissen, was sich die Amys dabei denken.

ANDREAS: Hoffentlich haben sie irgendwann eine Gelegenheit, Briefe nach Hause zu schicken, damit unsere Angehörigen endlich wissen, daß wir noch am Leben sind und wo wir arbeiten müssen.

*

MARTIN: Fritzl, es ist gelungen, es ist gelungen! Am Hauptbahnhof habe ich eine Burgenländerin getroffen. Der habe ich unsere Briefe mitgegeben. Sie hat versprochen, die Briefe in Wien zur Post zu bringen.

FRITZ: Jetzt heißt es beten und warten.

MARTIN: Ich habe noch einige Neuigkeiten von daheim.

FRITZ: Ja?

MARTIN: Stell dir vor, mein Kusin ist im burgenländischen Landtag.

FRITZ: Hat dir das die Burgenländerin erzählt?

MARTIN: Nein, im Klosett am Bahnhof war eine Zeitung als Häuselpapier. Es waren die „Salzburger Nachrichten". Ich habe die Zettel, wie vorher auch schon öfter, gut durchstudiert. Im Lager erfahren wir ja garnichts von dem, was in Österreich vorgeht. Und stell dir vor, ein Sozialist ist Landeshauptmann, der Ignaz Till ist Landesrat, und mein Kusin ist ebenfalls Landesrat.

FRITZ: Und wie heißt dein Kusin.

MARTIN: Böröcz Vinzenz.

FRITZ: Du heißt aber Piller.

MARTIN: Der Vater vom Vinzenz ist der Bruder meiner Mutter.

FRITZ: Ach so. Und was hast du mit dem Till gemeint. Kennst du den auch?

MARTIN: Na klar. Mein Vater war ja im 34er Jahr eingesperrt wegen Verbreitung verbotener Schriften —

FRITZ: Ich kann mich erinnern, daß du etwas Ähnliches schon einmal erzählt hast.

MARTIN: Durch meinen Vater kenn ich auch den Ignaz Till. Das sind ja alles die alten Sozis —

FRITZ: Und wenn wir nach Hause kommen, wirst du dich da politisch betätigen?

MARTIN *(zögernd):* Das weiß ich noch nicht. Ich möchte es schon gern.

FRITZ: Na, gar so sein glühender Sozi bist du aber nicht. Da ist dein Kusin schon besser.

MARTIN: Ja, der ist aber auch Kommunist.

FRITZ: Sieh mal einer an, Kommunist. Wirst du dann auch einer?

MARTIN: Fällt mir nicht im Traum ein, ich bin doch ein Roter.

FRITZ: Die Kommunisten ja auch.

MARTIN: Da ist schon ein Unterschied zwischen rot und rot.

FRITZ: Ich seh aber keinen.

MARTIN: O doch, aber ist ja jetzt egal. *(sinnend)* Stell dir das nur vor — es sind wieder andere Parteien erlaubt, es gibt keine Einheitspartei mehr. Dann wird es bestimmt auch wieder freie Wahlen geben —

FRITZ: Und glaubst du da nicht, daß es in der russischen Zone dann mehr und mehr Kommunisten geben wird?

MARTIN: Das kann ich mir eigentlich nicht vorstellen.

FRITZ: Ich schon. Schau, du warst bei der Newag Stromkassier. Glaubst du, daß sie dich dort wieder nehmen? Das wird doch jetzt alles von den Russen verwaltet.

MARTIN: Wir sitzen da in Salzburg, wir können garnichts sagen, wie es zu Hause sein wird. Jedenfalls werde ich nicht Kommunist werden.

FRITZ: Und wenn du anders keine Arbeit bekommst?

MARTIN: Ich bin doch angestellt bei der Newag.

FRITZ *(lachend):* Und du meinst vielleicht gar, das hilft dir? Hast du wirklich solche Illusionen?

*

FELIX: Verdammt-noch-einmal! Paß doch besser auf!

ROBERT: Was heißt da aufpassen? Ich bin eben ausgerutscht. Bei dem Schnee auch kein Wunder. Es ist ja glatt stellenweise, wie auf einem Eislaufplatz.

ANDREAS: Dort wäre ich jetzt auch lieber.

FRANZ: Wo wärst du lieber?

ANDREAS: Bist du schwerhörig? Auf einem Eislaufplatz.

FRANZ: Ideen hast du. Was willst du denn auf einem Eislaufplatz?

ANDREAS: Ach nichts. Ist schon gut.

FELIX: Gar nichts ist gut. Ist alles eine einzige Sauerei.

ROBERT: Und nicht zum Tanzen.

FRANZ: Was habt ihr denn heute? Der eine will eislaufen, der andere gar tanzen? Seid ihr übergeschnappt? Bei der Arbeit, dem Fraß und dazu das Schneewetter, da kann man doch nicht solche irren Gedanken haben.

ANDREAS: Die irren Gedanken, die hast du, nicht wir.

ROBERT: Ich glaub, der Franz ist schwerhörig.

FRANZ: Was sagst?

ROBERT: Daß du schwerhörig bist.

FRANZ: Lächerlich! Ich doch nicht. Ich hab nur schon seit zwei oder drei Tagen arges Ohrenstechen.

FELIX: Bei dem Wetter da heroben ja auch kein Wunder. Da haben es die, die im Tunnel drinnen arbeiten, bei weitem besser als wir hier beim Straßenbau.

FRANZ: Sauwetter, blödes. Daheim ist jetzt grad das Lesen im Gang.

FELIX: Bei uns auch.

ANDREAS: Und da in den Bergen ist eben schon Winter, das könnt ihr nicht ändern.

FELIX: Das könnte man schon ändern.

ANDREAS *(lachend):* Wie willst du das Wetter ändern?

FELIX: Doch nicht das Wetter — unseren Standort.

ROBERT: Und wie denn?

FELIX: Stiften gehen.

FRANZ: Bist übergeschnappt? Wie willst du von hier stiften gehen?

FELIX: Ich weiß schon, wie ich es mache.

ROBERT *(spöttisch):* Laß hören, wie du hier herauskommen willst.

FELIX: Nicht heraus, lieber Kamerad — hinunter, hinunter!

ROBERT: Von mir aus, hinunter, aber wie?

FRANZ: Grins nicht so dämlich, sag lieber, wie du hinunterkommen willst, ich kann es mir jedenfalls nicht vorstellen.

FELIX: Das ist meine Sache. Hier bleib ich nicht mehr lange, nicht bei dem Scheißwetter.

ROBERT: Wird dir nichts anderes übrig bleiben.

FELIX: Ich habe einen Plan.

ANDREAS: Und welchen?

FELIX: Das ist meine Sache.

ANDREAS: Vielleicht hast du doch einen guten Plan und dann könnten wir gemeinsam stiften gehen.

FELIX *(abweisend):* Von gemeinsam kann keine Rede sein, meinen Plan muß ich allein machen.

FRANZ: Allein willst du gehen? Ist das nicht gefährlich hier in den Bergen?

FELIX: Nein, er kann nur allein gelingen. Außerdem gehören starke Nerven dazu.

ROBERT: Und du meinst, die haben wir nicht? Nur du hast sie? Daß ich nicht lache! Haben wir nicht alle den Krieg überstanden, ja? Na also, dann haben wir auch starke Nerven, zumindest so starke wie du.

FELIX: Reg dich wieder ab. Wenn es so weit ist, wirst du sehen, daß ich recht habe. Wenn du dann gleich starke Nerven hast, steht dir der Weg nach Hause offen.

ANDREAS: Wissen möcht ich aber doch —

FELIX: Wirst schon warten müssen, bis es passiert.

*

FRITZ: Na, was sagt der Arzt?

MARTIN: Er meint, es ist Muskelrheuma.

FRITZ: Das kommt davon, weil wir immer am Erdboden liegen müssen. Mich wundert's, daß ich noch nichts spüre.

MARTIN: Verschrei's nur nicht.

FRITZ: Da gibt's wieder Hungerration für uns.

MARTIN: Wieso, hast du keine Arbeit?

FRITZ: In Glasenbach will ich nicht, das ist eine ordentliche Drecksarbeit in dem SS-Lager.

MARTIN: Das schon, aber das Essen war doch etwas besser. Also gestern das Mittagessen war nach langer Zeit wieder einmal gut. Und abends ein Packerl zusätzlich —

FRITZ: Ich scheiß schon bald auf alles.

Eine Tür geht auf —

PFARRER: Aber, aber, meine Herren!

FRITZ: Entschuldi — Gelobt sei —

PFARRER: Schon gut, schon gut.

MARTIN: Guten Tag.

AM. SOLDAT: Wer von euch ist Piller Martin?

MARTIN: Ich.

AM. SOLDAT: Der Priester hat eine Nachricht an Sie. Er darf ein paar Minuten im Lager bleiben, aber nur kurz.

PFARRER: Darf ich mit Herrn Piller kurz durchs Lager spazieren, da redet es sich leichter.

AM. SOLDAT: Zehn Minuten.

PFARRER: Das genügt mir schon.

Geräusch der Tür

PFARRER: Ich komme aus Saalfelden. Ihre Frau hat an mich geschrieben. Aber Sie waren nicht mehr im Lager dort. Es war nicht ganz einfach, hier herein zu kommen.

MARTIN: Was schreibt meine Frau, und wieso an Sie?

PFARRER: Zuerst einmal, Ihre Frau ist gesund, ebenso Ihre Tochter, Ihre Eltern und die anderen Verwandten. Der Josef, Ihr Schwager, ist in russischer Gefangenschaft.

MARTIN: Wie sieht es zu Hause aus, waren da Kämpfe —

PFARRER: Hören Sie einmal zu — ich gebe Ihnen jetzt einen Bericht, so kurz und umfangreich wie möglich. Wenn der Amy uns einen Augenblick nicht beobachtet, dann stecke ich Ihnen einen Brief zu. Verstecken Sie den möglichst rasch in Ihrer Kleidung. Und unterbrechen Sie mich nicht, damit ich Ihnen alles, was mir Ihre Frau geschrieben hat, erzählen kann.

MARTIN: Aber —

PFARRER *(ärgerlich):* Sie sollen mich nicht unterbrechen! Um überhaupt hier hereinzukommen, habe ich den Brief, den Ihre Frau an mich geschrieben hat, den Amys vorweisen müssen. Sie haben mir den Brief abgenommen. Zu Hause in Saalfelden haben die Amys unserem Bürgermeister sämtliche Briefe, die er für die Gefangenen hatte, einfach abgenommen. Dabei hatte er sie unter seinem Hemd stecken.

MARTIN: War da auch einer für mich?

PFARRER: Ja, aber jetzt weiter im Bericht, für den Fall, daß man Ihnen den Brief doch abnimmt. Wenn nicht, so lesen Sie in dem Brief ohnehin alles und vielleicht auch noch anderes. — Wo war ich stehengeblieben? Ah, bei Ihrem Schwager, der in Rußland sein soll. Ihre Schwiegemutter in Niederösterreich hat alles verloren, das Haus ist abgebrannt —

MARTIN: O mein Gott —

PFARRER *(ärgerlich):* Dafür kann Gott nichts, daran sind die Menschen schuld, der Hitler mit seinem verdammten Krieg. *(wieder ruhiger)* In Ihrem Heimatdorf waren keine Kämpfe, alles verläuft wieder normal, von der russischen Besatzung abgesehen. Die Weinernte war heuer sehr früh — ja, und was war da noch? — Nein, das war ohnehin schon alles, von der Frage, bis wann Sie heimkommen, abgesehen.

MARTIN: Den Brief, Herr Pfarrer, der Amy ist weg —

PFARRER: Ja, hier ist er.

Leichtes Papierrascheln

MARTIN: Wieso hat man Sie nicht untersucht nach Post?

PFARRER: Vor dem Priesterrock scheinen sie doch etwas Respekt zu haben.

MARTIN: Ich habe in unserem Quartier drinnen einige Briefe, einen an meine Frau, einen an meine Eltern und einen an meinen Kusin, der zu Hause Landesrat ist. Könnten Sie diese mitnehmen und abschicken?

PFARRER: Selbstverständlich tu ich das. Ich werde auch an Ihre Frau schreiben, daß Sie ruhig wieder an mich Ihre Post adressieren kann.

MARTIN: Wenn ich dann noch da bin.

PFARRER: Mann, machen Sie keinen Unsinn.

MARTIN: Unsinn, meinen Sie? Ein halbes Jahr schon ist der Krieg zu Ende. Sie bringen mir heute die erste Nachricht von zu Hause. Wissen Sie, was das heißt? Es ist zum Verrücktwerden!

PFARRER: Jetzt kann es ja nicht mehr lange dauern, bis Ihr alle heimdürft.

MARTIN *(bitter)*: Das haben wir auch geglaubt, es stimmt nur nicht. Mein Glück ist dabei noch, daß ich aus Polen her eine Verletzung habe, sonst wäre ich jetzt oben am Mooserboden in Kaprun. Wissen Sie, was dort oben los ist? Nein, wie sollten Sie auch, die Amys trommeln es ja nicht in die Welt hinaus. *(leiser)* Dort oben bauen sie ein Kraftwerk und man erzählt sich, daß eine Staumauer umso besser hält, je mehr Männer darin einbetoniert sind.

PFARRER: Ach, Unsinn, das ist ein Latrinengerücht.

MARTIN: So, meinen Sie?

PFARRER: Natürlich ist das nur ein Gerücht.

MARTIN *(zögernd)*: Na, ich weiß nicht. Ich hoffe für meine Kameraden, die da oben sind, daß es nur ein Gerücht ist. Na, jedenfalls bleibe ich hier nicht mehr lange. Erst vorige Woche ist ein Kamerad stiften gegangen, drinnen in Salzburg hat er sich aus dem Staub gemacht. Und wenn mein Rheuma wieder besser ist, dann geh ich auch!

PFARRER: Sind'S doch vernünftig. Wie wollen Sie das schaffen?

MARTIN: Spätestens zu meinem Namenstag bin ich zu Hause, das können Sie meiner Frau schreiben.

PFARRER: Und wenn es schief geht?

MARTIN: Lieber ein Ende mit Schrecken, als ein Schrecken ohne Ende.

PFARRER: Das redet sich leicht —

MARTIN: Ich halte es hier nicht mehr aus!

*

Steine poltern den Hang hinab, Menschen schreien durcheinander

FRANZ: Der Felix! O, mein Gott!

ROBERT: Das Jammern hilft ihm nicht, wir müssen hinuntersteigen und ihn heraufholen.

ANDREAS: Wie ist das nur passiert?

FRANZ: Weiß ich doch nicht, passiert doch täglich etwas hier am Mooserboden. Er ist hinter mir als letzter gegangen. Wird wohl ausgerutscht sein.

FELIX *(schwache, weit entfernte Stimme):* He, Kameraden, laßt's mich doch nicht verrecken hier unten. Holt mich hinauf!

ANDREAS: Er lebt, er lebt!

FRANZ: Na, schrei nicht so. Klar lebt er, Unkraut verdirbt nicht.

ROBERT: Andreas, du als alter Bergsteiger, du holst ihn herauf.

ANDREAS: Das ist nicht so einfach, da —

FRANZ: Traust dich nicht? Hast doch immer von deinen Bergabenteuern erzählt.

ANDREAS: Wenn er etwas gebrochen hat, dann brauch ich — also auf alle Fälle brauche ich ein starkes, langes Seil —

ROBERT: Das haben wir doch, wir brauchen nur die Säcke ablegen —

ANDREAS: Ja, und ihr zwei müßt uns dann an diesem Seil hinaufziehen.

FRANZ: Das ist doch ein Blödsinn, da schleifen wir euch ja auf dem steilen Hang herauf.

ANDREAS: Nein, ich schlinge das Seil um den Felix und um mich, den Felix trage ich aber —

FRANZ: Das kann ich mir nicht vorstellen —

ANDREAS: Brauchst du auch nicht, Hauptsache, es funktioniert, und vor allem müßt ihr zwei kräftig ziehen, damit ich nicht samt dem Felix abrutsche.

ROBERT: Na, dann hast du das Seil —

ANDREAS: Und ja fest halten!

Wenig später:

ANDREAS: Na, Felix; jetzt ist es aber aus mit deinem Plan, der Fuß schaut nicht gut aus.

FELIX *(leise, lachend):* Meinst? Ich glaube, du täuscht dich. Der Fuß ist nur verstaucht, aber die Hand ist gebrochen.

ANDREAS: Wie bist du denn da angegangen? Dort oben am Steig ist es gar nicht so glatt.

FELIX: Eben darum, ich bin ja nicht verrückt.

ANDREAS: Wie meinst du das?

FELIX: Dieses war der erste Streich — wie bei Max und Moritz.

ANDREAS: Du hast es doch nicht absichtlich getan?

FELIX: Na klar.

ANDREAS: Du bist verrückt.

FELIX: Bin ich nicht — denn nun folgt der zweite Streich, das heißt, jetzt müssen sie mich ins Tal hinunter bringen.

ANDREAS: Und dann?

FELIX: Das ist der Standortwechsel, erinnerst du dich? Ich werde zum Arzt gebracht, ja, und dann gehe ich nach Hause.

ANDREAS: Du spinnst wirklich. Nur, weil du einen Gips verpaßt bekommst, entlassen dich die doch nicht.

FELIX: Wer redet denn vom Entlassen? Ich werde mich selber entlassen, sobald ich wieder gut gehen kann, die gebrochene Hand ist da kein Hindernis.

ANDREAS: Das also ist der Plan für starke Nerven.

FELIX: Genau das. Anders kommt doch keiner mehr hinunter ins Tal, weder lebendig und schon gar nicht tot. Weißt doch, was mit den Toten geschieht. Ohne mich! Ich mache mich rechtzeitig davon. Sollen sich die Amys und die Salzburger ihr Kraftwerk selber bauen. Ohne mich! Und wenn ihr vernünftig seid, dann schaut, daß ihr bei gutem Wind auch wegkommt. Wer weiß, wieviele noch hier oben zugrundegehen müssen.

ANDREAS *(keuchend):* So, jetzt habe ich dich, halt still. Ziehen! *(ruft laut)*

ROBERT/FRANZ: Horuck! Horuck!

ANDREAS *(keuchend):* Langsamer! Nicht so rasch!

ROBERT: Na, da seid ihr ja wieder! *(keucht)* Jetzt ist es aber Essig mit deinem Plan für starke Nerven.

FELIX: Wieso, der Plan läuft schon.

FRANZ: Was läuft? Du hast doch nicht —?

FELIX *(lachend):* Ich habe — und wenn ihr vernünftig seid, dann laßt euch auch etwas einfallen, daß ihr hier hinunter kommt.

*

FRITZ: 10. November, morgen ist dein Namenstag.

MARTIN: Ich weiß —

FRITZ: Na, ich habe geglaubt, den feierst du schon zu Hause. Wird wohl nichts?

MARTIN: Nein, morgen noch nicht.

FRITZ: Da wird deine Frau aber enttäuscht sein und umsonst warten.

MARTIN: Ich habe ihr geschrieben, daß ich an meinem Namenstag zu Hause sein will, falls das nicht klappt, so bin ich an unserem Hochzeitstag ganz sicher daheim.

FRITZ: Und wann ist der?

MARTIN: Am 15. November.

FRITZ: Wie willst du das schaffen?

MARTIN: Am 13. steige ich in Salzburg in einen Güterzug Richtung Linz oder Wien —

FRITZ: Da fassen sie dich gleich.

MARTIN: Ach wo, irgendwo auf der Strecke steige ich aus und geh zu Fuß weiter, besorg mir ein anderes Gewand —

FRITZ: Die Leute hier in Salzburg sind nicht grad splendid.

MARTIN: Ich werd's eher bei Einschichthöfen versuchen.

FRITZ: Die jagen dich mit ihren Hunden davon.

MARTIN: Ach, es wird schon klappen, ich muß nur Arbeit in Salzburg bekommen, am besten am Hauptbahnhof, da merk ich schon, wann ein Güterzug günstig für mich abfährt.

FRITZ: Du warst doch in den letzten Wochen oft genug in Salzburg und Umgebung.

MARTIN: Du ja auch! Warum gehst du nicht stiften?

FRITZ *(leise lachend):* Ich warte, ob es dir gelingt, dann geh ich auch.

MARTIN: Und wenn es mir nicht gelingt —

FRITZ: Dann war ich eben gescheiter als du, weil ich gewartet habe.

MARTIN: Ist doch ein Blödsinn! Ich geh spätestens am 13., dabei bleibt es.

FRITZ: Wie willst du über die russische Demarkationslinie?

MARTIN: Das ist tatsächlich ein Problem, aber es ist bestimmt zu lösen. Sobald ich da drüber bin, ist es ein Katzensprung nach Wien. Und von Wien gehe ich, wenn es sein muß, zu Fuß nach Hause. Am 15. November bin ich daheim.

FRITZ: Wenn wir den Russen damals in Freilassing mehr Glauben geschenkt hätten, wären wir schon lange daheim. Dieser Scheiß-Hitler! Der hat uns dieses Mißtrauen in den Kopf gesetzt.

MARTIN: Vielleicht war es auch unser schlechtes Gewissen, das uns nicht glauben ließ an die Ehrlichkeit der Russen.

FRITZ: Wie auch immer, jedenfalls sitzen wir da in Hallein, halbverhungert, und die Nazioberbonzen gehen drinnen in Salzburg spazieren.

MARTIN: Wer weiß, du kannst dich auch getäuscht haben.

FRITZ *(heftig)*: Und ich sag dir, das war der Ortsgruppenleiter aus unserem Dorf, mit seiner Frau, dieser Flitschen.

MARTIN: Kannst dich erinnern, was der Felix damals gesagt hat? — Wir feiern noch deinen Namenstag hier. Soviel Zeit haben wir verloren.

FRITZ: Der Felix — ich hoffe, er ist mit seiner Gipshand gut heimgekommen. So ein verrücktes Schwein, bricht sich absichtlich die Hand.

MARTIN: Möchtest du in den Bergen von Kaprun begraben werden? Ich nicht.

FRITZ: Die können die Männer doch nicht ewig da oben arbeiten lassen.

MARTIN: Ewig nicht, nur so lange, bis das Kraftwerk fertig ist oder die Amys das Land verlassen. Bevor sie uns auch noch holen, gehe ich. Wirst sehen, am 15. November bin ich in Breitenbrunn bei meiner Frau, und wir feiern unsern Hochzeitstag.